U0116198

林曦 主编

与书法相伴的生活

湖南文艺出版社
HUNAN LITERATURE AND ART PUBLISHING HOUSE

可以这样开始

一方桌

在任何一个地方

一支笔

初学者可以选一支适合练习基础线条的大羊毫

一张毛毡

它可以很好地托住墨液，避免墨液渗到桌上

一个碑帖

你喜欢的一个碑帖《峄山刻石》这类对基础线条练习很有帮助的篆书碑帖是不错的选择

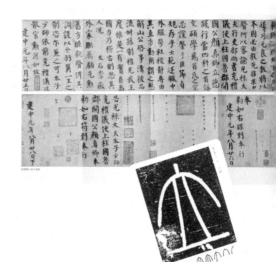

一些墨

现在我们可以选择不磨墨，
用墨液就很方便

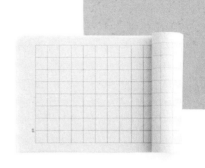

一页纸

比如半生熟宣纸

还可以更多

文房和乐趣，会伴随着你的书写
慢慢生长

五指执笔

握笔的姿势有很多种，我们常
用的是"五指执笔法"。如图所
示：以大拇指、食指和中指拿
起毛笔，无名指抵住笔的后方，
小拇指放松，轻轻搭住即可，
手腕要放松

然后，一心一意，享受这段和自己相处，也与古人往来应心的时光。

许多的变化、进益和美好，会由此开始生长。

书法是写字，也远不只是写字。

你如果是写字的人，想必对这一点早已有所体味。

你如果尚未开始，可以从后文的那些故事中，开始感受、理解和享有。

写字是一种生活 ▶

目录 ▼

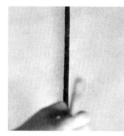
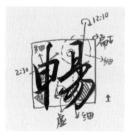

比想象更多

——十年暗桐和"与书法相伴的生活"

林 曦

这本书是有关书法的故事，但又不止于此。

书中的分享者，是我在暗桐教室的学生们。我一直记得十年前，自己决定要做暗桐教室时的心情。因为从小和笔墨相伴，一直体会和享受着写书法所带来的那种快乐和充盈，于是在2011年，我想到要开一间教室。在那里，我可以分享自己所喜爱的笔墨技艺和传统文化，人与人之间的关系很单纯，大家可以卸下铠甲和各种尘务，一起学习，一起进步。

我想象着未来我会有很多的知音，我们一同读书、写字、画画，春天一起看花，中秋一同赏月，到了冬天一起写春联，还可以共享点心美食，及至对某一个笔画的感知有着秘密般的默契会心，几乎忍不住笑出了声来，仿佛已然看到了理想的达成。

我就这样成为一个老师，十年过去，当时设想的知音和同好，在这些年中变得越来越多。到后来有了线上的课程，教和学不再限于时空，我甚至收到过同学发来的在南极写字的照片，窗外是一片回还的绿色极光，同学说，给老师看看窗外的风景。

在师生的相处中，因为角色的原因，总是我说得多，同学讲得少。但从他们的作业、留言和信息中，我知道那后面是许许多多丰富有趣也透迤幽深的心灵。站在讲台上，看着认真的他们，我知道他们心中有好多的东西。比如在某个同学的眼睛突然一亮或神情有一种微妙的舒展时，我会知道，他得到了一些什么，有些东西在闪现、酝酿和生长。

"那是个初春的周末，天有点凉，下着小雨。我开着窗，窗外是沁心的无边丝雨，凉意中带着湿润。我也选对了音乐，梅林茂的曲子。我循环地听着，循环地写着《玉版十三行》，停不下来。那阵微雨，那点凉风，伴着音乐，还有手上总也写不像但又让人欲罢不能的字。那个时候觉得生活特别如意，到了一种不好意思嘚瑟的程度。"

这是书的第二章"收获"中 Lucy 的分享。曾经被忙碌和紧张裹挟的她，说随着写字这件事进入生活，她发现和体会到了过去很多看不到的东西。忙碌赶路是一种常态，这个过程会带来进益，但那些平淡划过的一切，也正是生活的本意，值得就此停驻、感受、享有。我很明白这样的感受，纷纷扰扰里，于一种专注和投入中，就地快乐和满足起来。如果要我说出书法所带来的一些好来，这种凝聚和安住，是第一件。

骊淳在第五章"时间"中，谈到了她对于时间的感受。她说来到一定的年岁时，对于没有虚度的判断，不再是效率，或此中的事有用无用、是大是小，而是是否有"真心"。她说："只有在真心的映托之下，时间才会显得格外有意义和有价值。所以无所谓在做着什么事情，重要的是你在其中，是否有一颗投入的真心。"

我们都以时间为贵重之物，常念着要惜时惜日，会觉得要尽量节约或物尽其用，但她的心得带来了一种新的触动和启发，越过了可被计量和比较的一些，更本质和主动，也更为温柔。

还有第七章"安心"中，志群说起有一次在课上她向我提问关于"生死"

问题的事。虽然已经过去了好几年，但我对那件事的印象很深刻。只是并不确定，在教学中，很多诸如此类的问答交流，他们有没有记住——不光是这些回答，还有这些时光。在访谈中，她说起了这件事，我才知道她是记得的。那一种各自在生活中忙碌着，无须许多长谈往来，却心心相印的感觉，令人觉得很温暖、很开心。

有的时候，我会忍不住感念。我在那个夜晚所畅想的"一同读书、写字、画画，春天一起看花，中秋一同赏月，到了冬天一起写春联"的情形，真的变成了彼此生活中自然而然的一部分。由此，我们和传统、书法之间的关系，不再是一种假设或是对于它们的追慕与想象，而是在当下被真真切切地"活"了出来。它令人乐在其中，有所进步和享有。在此刻中尽力和尽兴的我们也可以经由着一支毛笔，去到更深远广大的地方，遇见和体验更多。

前些年，暄桐教室做了一个访谈项目，采访了很多在暄桐教室学习的同学。他们来自不同的背景，生活在不同的地方，有着不同的性情与人生历练，于是我以"写字的人"为题，想要记录下他们学习书法的体验，还有相关的生活的样子。

今年是暄桐教室的十周年，虽然还有长路，但也算是一个小小的节点了，于是起意与教室的工作伙伴将这些故事进行了整理和再编撰，做成这本书，为一个留念。

如上所述，书中的内容，让我有很多感动。虽然讲述者们是自己教过数年的学生，很熟悉，很亲切，但当所有的故事汇集到一起，让人看到的是，不同的人借由书法这门功夫，精进升级，有所收获的过程。虽然际遇和风格迥异，但他们都让书法成了人生里一种很正面的牵引的力量。并且，当他们真正把心中的一些东西讲出来的时候，我才发现，它们已经远远大于我作为老师的期待——我以为同学收获了这些，但他们所发展和生长的，远比想象更多。

由此看过去的十年，我觉得快乐充实，想象未来的一生，也觉得想要孜孜不倦地将关于传统、笔墨的教习与分享这件事做好。于是在这本书的成书之际，最想要说的是谢谢。谢谢很多的爱、很多的陪伴，以及我们对生活、对书法这件事，还有彼此，都认真相待了。

由书法而更多

——关于成书的结构

2020 年，我出了一本《书法课》，其中有一种老师的视角，尝试着对书法的学习进行了一次从技巧到心法的较为完整的勾勒和导览。这一本《与书法相伴的生活》就好像它的另一半，生动如实地呈现了这些和书法相伴的人在一路上对于这件事的实践、理解、心得和进益，还有必然会遇到的，各种各样的困难和问题以及他们的解决之道。

他们和你我一样，不是天赋异禀的天才，也不是"被选中"的少数。他们所提供的，是一些与我们更为贴近也更可参访的方法和途径。就像暄桐的口号，"写字是一种生活"，这不是一个人的生活，而是一群人，一群平凡如你我的人的生活，那些进益、美好及其途径，虽是由书法而生，却可以被"平移"到生活的各处，我想这便是这本以普通人的经历所组成的书的最好的意义。

如目录中所呈现的，我们按照学习过程中最为普遍的十个主题，将这本书分为了十个部分：

一．开始

这部分关于我们可以如何开始。其中所涉及的重要的一点是：我们该如何意识到自己最为真实的渴求。有的时候，那反而不是一种需要"深思熟虑"的存在。

二．收获

当开始一门技艺的学习时，我们需要知道自己的目的所在，即什么东西值得我们为之付出时间和精力。这是由写字所生发出的各样的所获，而"写得一手好字"这件事，只是其中很小的一部分。

三．困难

前行过程中，必然会出现各种各样的困难，如何看待和认知它们，是如何处理它们的一种前提。这一部分里，有关于处理困难的各种方法参考——有的针对学习过程中的具体困难，有的关于如何调整自己。

四．方法

有一些风景，走得不够远，是看不见的。这一部分所讨论的是"方法"，它们会帮助我们持续下去。

五．时间

作为最为稀缺和宝贵的资源，我们需要善用时间。这一部分是许多关于时间使用和管理的心得。

六．通会

获得通达和洞明是学习的重要意义。世间事物各异，但内里往往能找到相似的模型和规律。这一部分是许多的由此及彼。

七．安心

"安心"应该是生活里最重要的事情了。外界的顺逆不可控制，内心的安宁和笃定，是我们最真实的依仗。这一部分有全书中最诗意的平淡讲述，也有关于"如何安心"的一些建议。

八．老师

这一部分里有很多的情谊，师生之间，一种单纯而认真的相伴。但在此之前的前提，是对于老师本质角色的定义：他们不必完美，他们要做的，是帮助学生一路前行，成为自己。

九．他人

关于外界的种种声音，无论正面负面，若先接受"我们是不同的"这一件事，心中都会平和很多吧。这一部分，由写字为媒介，分享的是"我们"与"他人"之间必有的隔阂与必有的相通。

十．传统

我们不能指着一张画或一杯茶说这就是传统，那太片面，但可以说，以它们为一种日常，并在其中体味到乐趣和安然的生活方式是传统的。因此，基于一种生活的实用，传统实在是鲜活可爱而营养丰富的存在。就像在这一部分的分享中，传统在当下人们的生活中是自然又必然的样子。

如上的每一个主题都采用了"1+n"的内容形式：

"1"是一篇完整的访谈，其内容对它所在部分的主题有着比较契合与深入的呈现。

"n"是8到12份来自不同同学针对这一主题的分享。它们篇幅较短，多为一、二段文字，可以让人看到更多相关的可能。很大概率的，我们可以在其中找到与自己相契的情况或解答。

其后有一个叫做"也许和你有关"的部分，是针对这个主题的总结和阐发，并列举了一些可以具体使用的方法。之所以做这样的工作，是因为这些源于写字的启发和具体的方法，不止适用于写字。所以梳理和编撰了这些内容，即使你是不写字的人，也依然可以以它们为一种参考，并取用在生活的各处。

我会想起屠隆在《遵生八笺》中说的"一切药物补元，器玩娱志，心有所寄，庶不外驰"，人生在世，总是需要有一些事情来令我们有所寄托，由此在纷杂浮世中，细细密密又扎扎实实地扎下根去；也会想起王羲之在《兰亭序》中说的"虽世殊事异，所以兴怀，其致一也"，时代更迭，但有些东西，令生活在不同时间中的人都喜欢，都觉得快意和安慰，就像书法这件事。

很希望，在这甘苦交错的生活中，我们都找到自己的栖泊寄托处，并专注于身体力行中，去体味自己的体味，成长自己的成长，得到自在和快乐。

可能经由书法，可能经由其他。

思虑少一些，开始便容易一些

要常常从头脑的思虑中挣脱，问一问自己的心，想要去做吗？个人的经验终究有限，身体和心会更反映一些更本质的东西。

也许在很久之前，你就在期待着一些事的发生了。

不需要深思熟虑的开始

蓝 珺　建筑业造价工程师

01. 您是做什么工作的?

我主要做的是工程中造价及合同管理方面的工作，日常工作大部分时候是跟数字和钱打交道，以及字斟句酌地琢磨合同条款，再时不时跟人来场针锋相对的谈判。简单地说，在盖房子这个历史悠久的行业里，我现今的工作不耗损体力，更倚仗头脑。

02. 您为什么要写字?

大约在 2012 年年底，我的状态开始不好，工作和生活都不太顺，陷入了迷茫。于是觉得要找个事情做一做，转移一下注意力。

我尝试了一些事，比如应征博物馆的义务讲解员，辞职去旅行，也买了毛笔和纸，开始写字。后来遇到暄桐教室招生，我写了报名信，被录取后就一直学到现在。

03. 那时候的状态可以具体说说吗?

那时我刚过 30 岁，来北京快 10 年，买了房子，工作上也一步步做到了中层管理者。从外看，我挺好的。按一种理所应当的思路，接下来就是找个人结婚，再生个孩子，然后这一生就完整了。这样的路径，外界普遍认可，父母也一直强调和催促着。人们似乎也大都如此。

但当时面对着这种"一切都好"和"顺理成章"，我有一种强烈的缺失感，觉得如果生活就是这样了，真的有点走不下去。现在想来，那是一种发自本能的匮乏和不甘愿，该怎么去补，心里又不清楚，于是陷入一种低落，一蹶不振。

那时想给爸妈做本相册，做了两个月也没做出来；想重新提起笔写写文章，总是开头就煞尾；想做个菜，做了几遍还是觉得不好吃，自信心碎了一地。最迷茫的时候甚至想去个偏僻的小岛支教，但又知道那也是一种渺茫和虚无，心里的沮丧没办法描述。

04. 关于这种"一切都好"中的"不好"，会有人质疑您吗？

我觉得这事儿都不用说，我有时候自己都觉得自己矫情。但那确实是我在那一个阶段中的重大危机，人真的不是符合了一个被大众认可的标准，就什么问题都没有了。

05. 您知道那种匮乏是什么吗？

有隐约的感觉。但那时不敢确认也不知道怎么实现。

我一直喜欢一些"没用"的事情。比如小时候我会一整个下午趴在地上看小说，一整个晚上专心致志地画小画，一整天在家里做手工，交叉扯起两条拉花，把房间装扮得跟歌舞厅似的。一些看起来没什么实际用途的东西，会让我莫名就觉得高兴。成年后，那种愉快感和沉浸感就越来越少，下意识地觉得时间要花在"有用"的事情上才对。

我学的是理科，工作也处于非常理性的环境中。我的父母是很朴实的实用主义者，我妈妈会说看那么多闲书干吗，只会让人胡思乱想、不去踏实地生活。我们的沟通基本在"你吃饭了吗""你身体好吗"的范畴中，"你喜欢什么""欣赏什么"是几乎不会出现的话题。如果我说我想学写字，朋友大概会说，不如去上个 MBA。

所以那些我喜欢的但"没用"的事，在我的世界里是无法被确认和肯定的部分。我不知道这样的生活到底有没有，或者说不知道到底有没有人能在现实中把这样的日子过好。好比说其他人都说 A 是对的，但你想选 B，却很心虚，只能在心里隐隐地选它，选了也没途径去实现，于是在生活里继续不情愿地过着 A。

06. 后来有什么变化吗?

大概就是那个 B，慢慢变得具体而清晰了。

07. 能具体说说吗?

因为学写字，我自然而然接触到和它有关的更多东西，知道书法不只是拿笔写字这么简单。琴棋书画诗酒花都是一脉相生的学问，从过去到现在，很多人都把它们作为生活的一部分，用来让自己安定，让自己高兴——如果说这从来源上肯定了我心里的向往，我的那些同学则让我看到了它们的可操作性。

因为他们，一些以往不在我生活中的事情开始发生，比如我们会相约在清早去森林公园跑步，在好天气里一起外出野餐。因为大家都在写字、看展、读书、关注节气，随着季节和物候的变换调整自己的生活，所以有很多相关的话题可以聊。我看到他们入世积极的一面与大多数人一样，但商场上杀伐决断的职业经理人也会醉心于看一幅画、写一页字，春天去潭柘寺看玉兰，秋天惦记着大觉寺的银杏。

记得有位职业经理人和我们聊泡茶时注水的讲究。她说不可以劈头盖脸地一通猛浇，水柱要饱满也要柔和，去慢慢地唤醒茶叶。但那一柱水也不能虚弱淋漓，水量和力度合适才能真正泡出滋味。她还用了写字中最基本的中锋线条做类比，说它们都得是"圆、通、厚"[①]的。

如果要试着说清楚一点，大概是这样：在注水的过程中，执壶的手并不是简单做出一个向下倾倒的动作，要让水不散，就要在往下的劲儿中同时也往上提着，那是一种矛盾中的平衡，泡茶的人会以此来控制水的体量、形态和力度。

写那笔中锋也是一样，运笔的过程中，笔毫会处于上提和下压的平衡中，笔锋的角度会不断被细微地调整着，如此才能写成那看似简单的饱满均匀的一笔。

由此，我发现生活也是一样，一些妥帖合适的状态中，背后其实有着很多的作为和变化。

现在我也一直记得那个类比，想起会觉得感慨。这些言说，大概只有这样的同路人才能明白，心领神会，而不会表示奇怪或漠然吧。

人如果总是身处同一种模式，就看不到更多的可能。书本里、电影中呈现出的一些东西，也会让人喜欢和向往，但它们遥远虚幻，让我无法确认是不是在自己的现实中也可行。但当我看到这些和我一样的普通人已经实践和验证了我的那些向往，而且过得很开心，那真是特别好的鼓励和陪伴，让人有勇气往那个自己喜欢但经验匮乏的方向上走去。

泡茶注水

《峄山刻石》的小篆里，
充满着标准的中锋线条

圆、通、厚

中锋是书法中最基础的一笔。

书写中锋时，毛笔的笔锋要尽量垂直向下，笔毫的中心始终行进在线条的正中，压力聚焦在笔画的中心，延展向两侧。在这个过程中，流畅行笔之余，笔毫会处于一种上提和下压的平衡状态中，书写的人会根据具体情况不断微调力度和方向，达到力的平衡，也保证笔毫的位置不偏移。这样写出的线条是均匀、通畅、圆实、有厚度的，不会单薄、飘飞。

圆、通、厚三字，是关于它的形态和质地的一种约定俗成的形容。

古往今来的书家都会强调这一笔的重要性，因为它是书法笔法的起点，也是学书人必练的基本功，此后各样的点画的可能，都会在这个基础上生出。

08. 所以您的问题因为新的人际环境而解决了。

那是很好的帮助和促进，但我觉得心性上的变化是更本质的原因。

这和写字本身有关，它会极大地磨炼人的心性。比如很长一段时间你都写不过一个坎儿，但扛一扛，也就越过了。在这个过程里，当心从毛躁、安静不下来的状态，慢慢变得更稳定、更宽容时，放松和满足也就随之而来了，即便生活在大方向上还是如原先那样在铺展。

09. 您事前想过学写字会带来这些吗？

不会。暄桐教室也并没有给什么承诺，比如说来这里学习就可以让心灵舒畅之类的。之所以报名，是因为我关注了林曦老师的微博。

那时她应该是刚生了宝宝不久，画了一些小宝宝的画，看在眼里，觉得可爱单纯。我没见过这个人，但从她的文章、她的字、她的画中能感受到一种安定简单的东西，觉得不浮躁，很踏实，我也挺想拥有那样的状态，就去上课了。

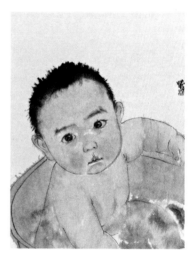

林曦老师画的宝宝

10. 所以开始这件事，您没有经过"深思熟虑"。

现代的人擅长使用理性和逻辑推论，要做一件事，喜欢先计算清楚有什么好处，符合自己的设想才去做。但再深思熟虑，也是基于自己有限的经验，用来造房子也许可以，生活却是另一回事。生活是难以想象和计量的，就像我还在迷茫中猜测一种关于"诗意生活"的可能性，一些人已经将它们变成生活的一部分了。

而且我们也很难根据外界的一些标准，通过头脑的思维来说服自己：你挺好的。没有被安慰和满足的时候，人没法骗自己。就像在那时的"一帆风顺"中，我却高兴不起来，身体和心会反映一些更本质的东西。

那时的我并不知道"出路"在哪里，但当体会到生活的不完整，心里有了真实需求的时候，人自己就会去寻找。在到处看、到处找的过程中，会被一些东西吸引，比如那些画，比如博物馆里的气氛——当你真心想要，也付出了行动，老天爷一定会把那个出口和可能展露给你。

在当时的尝试里，在我能遇到的那些事情中，博物馆拒绝了我，辞职旅行不是长期可行的事，支教的小岛遥不可及，暗桐教室接受了我，写字这件事的缘分成熟了。它的开始不需要思索，剩下的只是去做。（后来学习时，老师说要在奔跑中调整姿势，也是说要先开始，不跑起来，谈不上体悟对错、调整姿势。）

11. 学书法，您有什么目标吗？

从三十几岁开始学一门技艺，跟有童子功的人是没法比的。所以当我们在类似的阶段中开始了，目标也不是要达到极致什么的。你想学这个东西，是想去感受一下之前没有感受过的，然后它可能让你的日子过得有趣一点。但最后，不管学得好还是不好，这些经历都会让你这个人更充实，更有自信心。可能听起来有点平凡，但我的感觉就是这样。

12. 分享一下您喜欢的碑帖或书家吧。

褚遂良的字是第一眼就喜欢的那种。他的《雁塔圣教序》，很"仙"，笔画纤秀但又有骨力，结构开阔自如，生动有表情。

13. 再和我们随便说点什么吧。

每年秋天我会供佛手②，和同学聊起来，都觉得随着节气去做一点应景的事，真是挺美好的。佛手从 10 月就有，一直到来年一二月。于是整个冬天在记忆里，都带着佛手的香气。

也会把它们作为新年礼物寄给朋友。我会订红色的纸盒，先垫一些拉菲草在里头，把佛手放好，然后认认真真地写好贺卡。朋友收到都很高兴，但我觉得送礼物的我更高兴。对了，我在盒子里用的拉菲草是原色的，想着下一次换成红色可能会更好看。

另外我做饭很好吃。除了家乡菜，我也喜欢研究一些没做过的，比如烤个叉烧，做个胡椒猪肚鸡。有一阵也捯饬做芝麻菜沙拉，做青酱。最近春天来了，我会做用昆布和木鱼花出汁的汤，放一些春天的蔬菜，不放肉不加盐，非常鲜，喝它的感觉就好像喝了一碗春天，上回同学来我家吃饭，做了这个汤，一口都没有剩下。

分享一下它的做法吧：
1. 约 20 克出汁昆布用 0.8~1 升清水浸泡约半个小时（久一点也可以）；
2. 将昆布及浸泡后的水放入汤锅，中小火煮至锅底出现气泡后，转小火慢煮约 10 分钟（不要煮沸）后捞出昆布；

供佛手

画作 _ 林曦

中国人爱闻香，除了焚香以及用香花之外，宋代以来，尤其明清，也特别兴盛摆果闻香。摆放的大多是芸香科柑橘属的橙、柑之类，也不单纯为着吃，也是喜欢果子香气的自然可亲，常常能看着，也常常能闻到。

大约在宋代，就有往床帐里放置这类果子的做法了，比如香橼。香橼长得有点像小瓜，也有点像柠檬，宋人说这水果"香氛大胜柑橘之类，置衣笥中，则数日香不歇"。

放在床帐里，柑橘的香味可伴人入眠，放在盘子里，便是案头的清供，可以摆放数月，看起来有生动的雅趣，也为居室增添了令人愉悦的气息。

如今我们常用的佛手是香橼经过长期人工选育后栽培出来的变种。分裂如拳，张开如指，玲珑可爱。佛手的果皮极厚，和香橼一样，也是不太好吃的，但香气不输香橼，甚至更甚。

前人曾经就如何摆放这些果子有过不同的意见，比如用怎样的盘子，摆多少的数量，有的认为要古器堆叠盛放，有的则认为摆个一二只赏玩才是真正的雅致。对于我们而言，尽可以按自己的喜好来，高兴了就好。

3. 锅里略加凉水（20 毫升）放木鱼花 20~25 克，小火 1 分钟微沸即可关火，过滤汤汁（家里做也可以随意一点，比例和分量大致差不多即可，关键是要保持水温，不要煮沸）；

4. 在过滤后的汤中下喜欢的蔬菜并煮熟，按照各类菜易熟的程度决定下菜的先后顺序。松茸、春笋、小白菜苗都是不错的选择；想吃点肉的，也可以下点里脊，可以最后下，下完后略点一些酒，一滚即可关火，以免变老。

它真的是宜饭宜面，还可以下馄饨。

字写得不好的时候，我做顿饭也是可以的。和写字一样，那也是头脑单纯而专注的时刻。我其实是想说，生活里真的是需要有一些"没用"的东西去支撑幸福感的。

"当你真心想要，也付出了行动，老天爷一定会把那个出口和可能展露给你。"

蜜渍小番茄　卤味双拼
清炒苋菜　茄汁丝瓜
剁椒鹅蛋　芦蒿腊肠
盐焗基围虾　番茄炖鹅
瑶柱冬瓜瘦肉汤
桃香鹅头来糖水

辛丑年四月北京

1.在家中招待朋友时，蓝珺提前写好的菜谱　2.学字四年来，留存的一部分作业

1.光线好的朝南窗台，用于读书和练瑜伽　2.以春笋、白菜苗等春天的蔬菜，制作清鲜的汤　3.待客的芍药和果子　4.碑帖上的标签，便于查找　5."身安则道隆"，林曦老师的手书

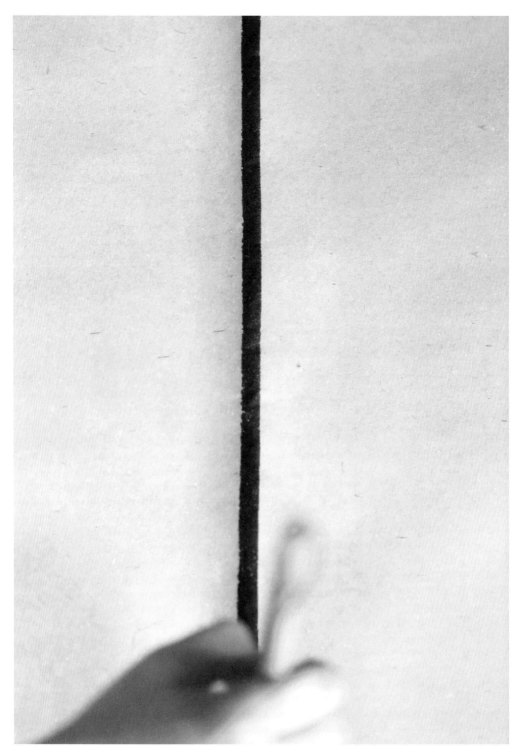

学书法的第一笔：中锋

她觉得它很"仙"，
又生动。

——《雁塔圣教序》局部
唐·褚遂良

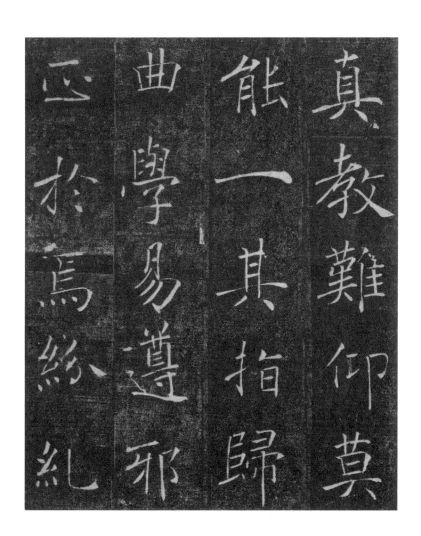

更多的开始契机

小 V
财务

挑战本命年

过本命年嘛，人家说，本命年不能做大的改变，说那一年做的决定都会是错的。我挺较劲的，决定不仅要改变，还要有挑战，比如报名学写字，因为我的字写得特别难看。

报名学写字没多久，我还换了一份很有挑战的工作。临走的时候，把在前公司养的金鱼抱回家。一开始它是粉红的，现在特别白。你能想象它已经快活了多少年了么？一条鱼。它真的特别白。

小 V 的鱼

Lucy
文化公司部门主管

不想象一个不存在的理想状态

很多人问我写字的时候静不下来怎么办，还说"等我不上班了，等我能安静下来了，我再去学"。我也曾想，等有时间了，我一定要干无数无数的事情。但事实上你永远不太可能有这样正好的时间呢。

金力维
文娱记者

身教重于言传

我为什么想学写字呢？因为当时我刚做妈妈，身教重于言传，希望将来孩子什么样，我自己要先做成什么样。

我希望他能坚持做一件事，锻炼好的专注力，写字正好是在练这些，那我不如先来学一下。另外我那时常去故宫看展览，书法作品总是看不懂，就想着，学写字之后，是不是就能看懂了？我就是这样开始的。

潘书京
退休工程设计师

想起自己

我小时候在动荡中度过，小学到高中虽然上了 12 年的学，但学到的东西并不多。大学学的是理工，毕业后又忙于工作，到头来发现传统文化的东西缺失太多。

我常常嘲弄自己是有知识无文化的人。最初报名暄桐也是想以学习书法作为一个切入点，去学习中国的传统文化。

我们这代人好像都是这样，30 多岁的时候顾孩子，40 多岁的时候顾工作，快退休了，才又想起自己。

蓝小邪
填词人

不好看的签名

曾经遇到歌迷让我签名，我一看我签的名字，惊呆了，我的字怎么这么难看。那个时候就种下了想练字的种子。

赵 瑜
家具设计师

弘一法师的字

有一次去朋友家玩，他拿了弘一法师的字帖来一起看，后来他问，我要不要写写看，我就写了。我虽然那会儿真的是对着字帖"画"出来的，但拿起毛笔的那一瞬间，感觉好棒。然后就想，要是有机会，我也想这样每天自己去写一写。

当时照着写的，就是这一幅

聂 晶
海外市场人员

过想过的生活

从小到大都很想去外面看看世界，这是长久以来的愿望。25 岁时，我申请去澳大利亚的纽卡斯尔大学读书。

刚到的时候，会觉得简直太美好了，阳光沙滩，人们在海边悠闲地喝咖啡，游泳冲浪。但时间久了，体味到有一些不对劲。澳大利亚规定，22 岁以上的公民如果没有工作，每个月可以领取失业基金，这足够支付房租和三餐饭了，所以氛围总是垮垮的。我那时觉着，周围好像少了一种朝气和蓬勃。

在澳洲，学校餐厅主要供应汉堡薯条，我很难餐餐都吃，有时一天只吃一顿饭。后来周末去一家香港人开的餐厅打工，下午两三点，客人走光的时候，老板会拿一些没卖完的虾饺、叉烧包、豉汁蒸排骨和凤爪请我们吃，那真是在澳洲最幸福的时候了。

后来拿到绿卡，想来想去，始终觉得那不是自己要的生活。毕业后的工作忙得像陀螺，也很难融入澳洲的圈子。看见本地人在玩足球、去夜店跳舞，我反而会向往我们古人的生活方式：在竹林里喝喝茶，或是写字、弹琴。

想了很久，决定回国，学自己想学的，过自己想过的生活。算算从小时候学写字到现在重新拿起笔，中间用了 20 多年的时间，真是好珍惜。那张绿卡，反复考虑后，不要了。

冯 维 佳
编辑

挫败

开始写字是身边的人都在写，并且觉得这件事让他们快乐。久而久之，就觉得自己也应从善如流。但一上手就写得很差，几个月后，还连整齐都做不到，更谈不上其他。虽然心里有很多的沮丧和恼火，觉得自己完全不适合做这件事情，但同时又莫名觉得，是不是应该再来一遍？

如此不知不觉两三年过去了，写的字还是不尽如人意，却觉得自己大概也是适合写字的，不然怎么会一直做下去了呢？

而那种和挫败有关的让人想要再来一遍的感觉，大约是一种很积极的东西，它让我的开始，变成了真正的开始。

李 蔚 萍
道路桥梁工程师

我要玩一下

小时候很讨厌写字，我爸给我找的字帖是楷书，只记得有一篇写鲁迅的"才从字缝里看出字来，满本都写着两个字是'吃人'"，我就特别不愿意写，经常逃出去，漫山遍野跑，没少挨我爸打。

前几年，有一阵颈椎不舒服，就去了一个中医学堂系统学习，慢慢接触中医调理。当时林曦老师在这所学堂讲了一堂四个小时的书法课。记得她讲到《笔阵图》，讲"九"字的勾要有百钧弩发的绷劲，还找了一张百钧弩发的照片，和"九"字的书法字迹作对比。听她讲着书法，讲其中的章法、气息，我就觉得，怎么还有这么好玩的事情，那我要玩一下。

张 晶
项目助理

窗外的光照在他身上

靠着大伯书房的窗户，有一张绿色的很厚实的书桌，上面摆着教学用的书，还有写字用的毛笔和报纸。印象里他总是站着写字。大伯个子高，身板直，窗外的光照进来，照在他身上，就显得更高了。他写的字很大，足有巴掌那么大，又宽又扁，现在想来应该是隶书。

那时看大伯写字，我觉得好新鲜，就趴在桌子上，学他拿着毛笔划拉。20多年后，我才真的开始学写字，从一横一竖开始。就这样一笔一笔，我真正开始写字了。

♥ 也许和你有关

如下有一些关于"开始"的建议，并且更建议在开启和建立一些兴趣爱好时参考。

因为大概不用催促，我们也已经奋身投入工作、学业这些人生的主流要事中了，甚至不惜精疲力竭，而习惯性地忽略那些看来没有实际用途的事，或是心有向往，却有种种顾虑，不认为自己可以如此。

眼前的柴米油盐是我们立身在这个世界上的基础支撑，但人的精神和灵魂也会需要养分和"零食"，一些看似"无用"之事，恰是一种生机的来源，让我们不会只限于眼前的烦琐，不会在狭隘中变得无力而困苦。

对此，想分享梁漱溟先生在《我的人生哲学》中的一段话，而对于前文里蓝珺曾经历的那一段低谷和迷惑，它也是一种很朴素而准确的解答：

"大约一个人都蕴蓄着一团力量在内里，要藉着一种活动发挥出来，而后这个人一生才是舒发的，快乐的，也就是合理的。我以为凡人都应当就自己的聪明才力找个相当的地方去活动。喜欢一种科学，就弄那种科学；喜欢一种艺术，就弄那种艺术；喜欢回家种地，就去种地；喜欢经营一桩事业，就去经营。总而言之，找个地方把自家的力气用在里头，让他发挥尽致。这样便是人生的美满，这样就有了人生的价值，这样就有了人生的乐趣。"

● 可以让"开始"这件事，变得简单一些

当有些事萦绕在心中且挥之不去，那么可以不用把原委想那么清楚，也不要过于纠结自己是否准备充足，把这些"想"的功夫，用来"做"吧。

人如果太依赖自身的有限经验，容易卡在原地，而再周密的思维也无法替代行动所带来的真切体会。不要和自己说"等我都想清楚了再开始"，因为不存在那样的清楚，只有真的身在事中，真实的感受和认知才会升起。去拿起来，尝一尝，把事情变得简单一点。（这大概也是成本最低也最准确的判断方式了。）

● 别忽略来自于"心"的需求

也许有些东西在吸引着你，但好像显得有点没道理（比如一个股票经纪人要去塔希提岛上画画），不要急着去否定和嗤笑。它们也许和我们的现有经验不匹配，或者看起来和此刻的环境格格不入，但有可能那是写在我们心底的一些东西，一些与生俱来的特质和需求。不是所有的热爱都会在一开始就崭露头角，伴随你的生活，但在一些时候，它会告诉你，它需要生长了。

● 当升起类似"我不配""我肯定不行"之类的念头时，要警醒

看一看是否是因为自己抱有一些不切实际的过高期待。老话说万丈高楼平地起，不必在还要为第一层楼努力时就看向第十层，并且因此沮丧，觉得此路不通，这样会陷入一种无用的功利。

另外还可以留意，看自己是否在有意无意间将它们作为了一种不去作为和实现的借口。如果是这样，你可以举出无数看起来无比合理的例子来让自己安心，这会没完没了的。

● 如果条件还不成熟，别轻易放弃

保护那颗种子，放在心中酝酿，并在此后的时间中，慢慢为它创造和积累条件，给它发芽、在你生命里成立的机会。

● 不要想象和期待一切正好的理想状态

如果觉得只有那样才可以开始，可能永远无法开始，而"开始"不就意味着在此之前什么都还没有吗？

● 克制口头的立志

多行动多体验，不要习惯在言语上立志。说了就过，久而久之言语和人都会变得轻飘，心也会在反复的雄心勃勃和不了了之中失去兴头。

● 不美化自己的选择，去尽力投入

不管你是自然而然地开始，还是费了一些工夫才得以进入，或者你认定了这就是你的"灵魂之选"，这些都不意味着此后就一帆风顺。做一件事，就必然需要投入时间，付出精力，并会伴随着相应的困难和你并不那么喜欢的部分——了解和接受这个简单事实，然后为你的选择尽力。

● 坦然放弃

曾好好努力过，尝过了滋味，看过了风景，却觉得不喜欢不适合，想要放弃，就坦然放下吧。不要考虑面子和沉没成本这些不重要的事。

收获

学习写字，并不是为了成为
把字写得比别人好的人

仅仅为了越来越厉害，那么人始终会被比
较、胜求和炫耀之心困扰着。若明白它的价
值在于一种内在的修养，也是自己和自己相
处的宝贵时光，那么写字本身，就是写字的
奖赏了。

我仍旧把清晨还给我自己

Lucy　文化公司部门主管

01. 您是做什么工作的?

2008 年左右,我结束了 15 年的广告业打工生涯,与一位外国同行共同创业做了一家关于媒体广告投放采购审计的公司,服务的广告主大多是世界 500 强企业。工作压力很大,精神常常处于高度紧张的状态。10 年后我们取得了这个行业超过 90% 的市场份额,成功地把公司卖给了英国的一家上市公司,之后我便去了一家传统文化公司供职,做部门主管。

02. 能描述一下那种高度紧张的状态吗?

我一直要求自己和整个工作团队都抱持零错误的严谨工作态度,一直在战斗的状态中。最累最紧张的时候,常常没有周末没有假日,即使不用出现在办公室,头脑也处在奔逸不停的状态。

整个人是紧绷绷的时候,根本留心不到工作外的事。你问我三餐吃了什么,就只记得永和豆浆,还有麦当劳的猪柳蛋汉堡、麦香鱼了,更不要说生活有不有趣、美不美之类的事情。

03. 您学写字,和这个状态有关?

是的,我在创业最忙最累的那个阶段开始学写字。

如果说,打工时我是在别人的规则里工作,创业则代表你需要成为制定规则的那个人。那时,广告投放采购审计在中国是一个很新的行业,少有前人的经验可以借鉴。打工时我只需要靠聪明和勤奋就可以做好,创业则更需要有点智慧,需要观照到不同的角度，并且要不断生成想法、做出决策。

经历了多年的工作历练，那些基于行业知识与经验基础的某些想法、观点、角度，甚至一些小智慧，可能在不知不觉中便已经有所积累了，但当人在忙乱和疲惫的状态中时，它们往往是无法显露和起效的。而写字是一件和那样的状态反差很大的事，那是每一天中一段完全属于自己的时间，我可以凝神在其中，或者说，经由它我可以透口气，与外界的杂务、内心的念头剥离开，精神反而由此得到了休息。

当写字成为生活的一种习惯，我亦借此规划和建立起一段"自己的时间"。从中得到的松弛和滋养，和随之而来的头脑的活力，让工作中灵光一现的时候多了起来，心思也更轻巧。一些令大家头疼的问题和压力，常能"神奇"地在头脑里直接跳出来，问题随之迎刃而解。

附带的一个"礼物"是，眼睛里的世界也跟着变了。能看见街拐角的迎春花，生机勃勃的；院子里邻居家的小狗，很憨萌可爱地蹦着；广场上喷水池里孩子在恣意喧闹，有时会纳闷儿，以前为什么都没见过他们呢？

04. 能简单描述一下这段"自己的时间"吗？

我 6 点左右起床，会在床上喝第一杯清水和第一杯咖啡，然后起来做做拉伸，做做舒缓的瑜伽。接下来大概写一个小时的字，写完后再吃一顿丰盛的大早餐。

我喜欢早起，早上真的是很踏实，很安静，写完了作业更是有各种信心，有觉得这一天真的是开了个好头的那种感觉，满怀期待。我和好多朋友说："这是你自己跟你自己的清晨啊。"

05. 所以您现在不"紧张"了？

我还是一个"紧张"的人，要求高，责任心大，容易把很多事情都看得比较重，这是我性格里的部分。这好像也是大多数"70 后"生人的特质，有种使命必达的执着。

不是说很在意一件事就一定能办成，但作为 20 世纪 70 年代生人，我们一般并不能安然接受"我尽力了就好"这件事，我们不太会在过程里做文章和作秀——因为在意结果，就会争取过程中每个环节上的手拿把掐的确定。凡经自己手的东西，总希望是有一定品质高度的，仿佛自己的名字就是品质的保障一般。所以我不太适应现在一些年轻人凡事无所谓、天下无大事的松垮状态，但同时也了解，那也是他们的一种自在。

说回"紧张"，它也代表一种"效率"。那是一种"重视"，来自你做事的时候的纵身一跃、全神贯注，这样的状态会带来更好的效率和结果。而对结果的想象和贪念，是要"轻视"的，比如得不得奖、写得有没有谁好，这些应该都不是个事儿。

06. 所以您接受由此而来的辛苦？

这种紧张带来的辛苦不是没有缓解方法的。它需要靠格局的不断变大来解决——承担的范围大了，事情多了，就没有精力去紧张相对较小的细枝末节了。而能力和心量大了，很多事情就自然变小了。

如果现在工作中一个重要人物针对什么有微词，我心里可能会想，这多大点事？但以前他的助理说了句什么，我都会很紧张。所以不是说我"不紧张"了，而是我有了更多的维度，可以承担的东西更多了。"紧张"还在，只是对我来说，以前它这么大 ●，而现在，它这么大 •。

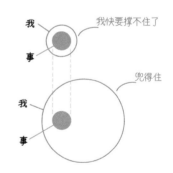

所以你说我变了吗，人是不会变的。谁也不太会变。

07. 您写字感觉最好时是怎样的？

忘了是哪一年了，那是个初春的周末，天有点凉，下着小雨。我开着窗，窗外是沁心的无边丝雨，凉意中带着湿润。

我也选对了音乐，梅林茂的曲子。我循环地听着，循环地写着《玉版十三行》，停不下来。

那阵微雨，那点凉风，伴着音乐，还有手上总也写不像但又让人欲罢不能的字。那个时候觉得生活特别如意，到了一种不好意思嘚瑟的程度。

08. 所以对您来说，书法是什么？

它不是一种竞技性的存在，不是为了写得比谁好，而是可以让我自己的状态更好的方法或者工具。

但事实上现在我已经有一阵子没写字了。我现在服务的是一家互联网文化公司，受数字化办公环境和办公习惯的影响，所有人都在微信上工作，于是从早上到深夜都有事情发生，都有信息需要你回复，事无巨细。所以现在"我自己的清晨"已经不再是"我自己的清晨"了。

但这不是一个无解的事情。我还在"奔跑"当中，还在这个阶段中摸索和调整——我仍旧要把"清晨"还给自己。不过那个"清晨"是一个概念，它可以是午后，是晚上，是任何时间，而在其中，我可以写字，可以学外语，可以喝茶——我并不想神话"写字"这件事，它可以是任何有乐趣、有难度和门槛、可以长期持续的事。

饮茶时的糖棍儿

所以我并不担心自己现在不能写字，因为它不是"停滞"了。就好像长跑中被绊了一下，但我知道调整一下，是可以继续再跑的——过去的经验在支撑我，我受益过，知道这个方法是有效且神奇的，于是一路朝着那个方向去，知道自己也终会有收获，这让我心安。

09. 就写字本身，您有什么心得吗？

写字是一件无法速成的事。书法有难度，而且是一个系统，要学习它，需要进入一种漫长的学习和练习，要把一切交给时间，在一遍一遍的练习中，慢慢得法、体悟、入微。字和人，都在一种自然的节奏中真实地成长着。

在写字这个过程中，我学会的第一件事，是"等一件事慢慢长出来"。

这些年的商业社会里鲜有人谈论十年计划、十五年计划，每个人都在聊三年、五年计划。无论是多大的事情，涉及多大金额、多大规模，很多人都期待着实现今天一个样、明天一个样的突飞猛进。人们开车上路，前面明明堵着，后面还是要按喇叭，大家都莫名其妙地很着急。

我在广告业工作时，了解到西方花 40 年形成广告市场的路程，我们花了 10 年就走完了。人们似乎已经不想等什么事情了，而是希望事情很快发生，立刻见效。但有些事情还是需要慢慢来的，相比这个时代中"强大"和"迅速"到一个滤镜就可以彻底改变人的样子和身材的进展，我更愿意相信和珍惜慢慢从时间里长出来的事，觉得那样更有价值、更令人踏实，过程也更有韵味。

10. 还有第二件事情吗？

是的，后来我觉得，我甚至已经不用"等一件事慢慢长出来"，我可以不再"等待"最后的结果如何了。

坦白说我越来越不为现在社交媒体上呈现出来的各种美好所动了，比如那些经由滤镜、美颜、变形的呈现，这意味着你并不需要亲自"美"就可以很"美"了，久而久之，你就习惯和相信自己真的是那样了，但其实并没有，本质上那是一种虚空。在很多事情的门槛都变得很低，由此带来一种虚无的状态下，一件真实的、落在手上的、让人全身心投入和享受的事情，其过程本身就十分珍贵。

无论是什么事，如果有幸找到了好的方法和方向，以及老师和同好，那么享受这个过程就好了，剩下的交给时间。我不知道最后它会开出什么花儿、结出什么果来，但在那个过程中，我用心在做，就已经得到和享受了。

11. 关于这些收获，您之前设想过吗？

我哪有这样的能耐提前看到这件事的益处呢。我只是给了自己一个机会——为了自己的身体，很多人虔诚地去健身房，但身体和心是相辅相成的，我们的心智和精神也需要休息和锻炼的机会——我就是在一个偶然的情况下，选择了写字这条路而已。

12. 您最喜欢的碑帖或书家是哪一个？

我喜欢虞世南的字。他的字看起来并不精奇险绝，但就是那么舒服妥帖。大家都说他的字虚静平和，而那种"平"中，有风雨和世面，不是一种浅白乏味。我们有好几个同学默默地喜欢他，我们曾经组过一个"临虞世南小组"，但都不好意思说出来，因为觉得自己真的"不配"，哈哈。

可能和我"紧张"的个性有关，我无论怎么写，字形上怎么像，都写不出虞世南的气质。但是没有关系，我心向往之。

13. 再随便跟我们说点儿什么吧。

有一段文字。它是这样说的：

"我对任何唾手可得、快速、出于本能、即兴、含混的事物都没有信心。我相信缓慢、平和、细水长流的力量，踏实、冷静。我不相信缺乏自律精神、不自我建设、不努力就可以得到的个人或集体的解放。"①

① 这段话出自意大利作家伊塔洛·卡尔维诺的自述性文集《巴黎隐士》。

天下皆知美之為美斯惡已皆知善之為善斯不善已故有無之相生難易之相成長短之相形高下之相傾音聲之相和前後之相隨是以聖人處無為之事行不言之教萬物作而不辭生而不有為而不恃功成而弗居夫唯弗居是以不去

不尚賢使民不爭不貴難得之貨使民不為盜不見可欲使民心不亂是以聖人之治也虛其心實其腹弱其志強其骨常使民無知無欲使夫知者不敢為也為無為則無不治矣

道沖而用之或不盈淵乎似萬物之宗挫其銳解其紛和其光同其塵湛乎似若存吾不知誰之子象帝之先

天地不仁以萬物為芻狗聖人不仁以百姓為芻狗天地之間其猶橐籥乎虛而不屈動而愈出多言數窮不如守中

谷神不死是謂玄牝玄牝之門是謂天地根綿綿若存用之不勤

1
2 │ 3

1.学习《道德经》时，Lucy 所做的
笔记　2.先生经过书房　3.书房的
一角，她尤爱那只绿色的小水盂

常用的几只笔
适合书写案头的匀杯和品杯
墨盒
先生为她制备的一只迷你小盆栽
绘着博古纹的镇纸
香插
花瓶
最近在读的书

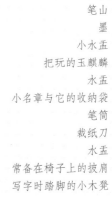

笔山
墨
小水盂
把玩的玉麒麟
水盂
小名章与它的收纳袋
笔筒
裁纸刀
水盂
常备在椅子上的披肩
写字时踏脚的小木凳

"广场上喷水池里孩子在恣意喧闹，
有时会纳闷儿，以前为什么都没见
过他们呢？"

1.眼镜链是闺密"强行"赠送的，Lucy 说按早年的性情，她不会接受这样"幼稚"的礼物，此时则觉得它颇有些可爱　2.书桌上，逆光中的书卷观音像　3.某一日，发现花盆中拱出的虎皮兰的"壮 baby"　4.自己做的和秋天很配的曲奇　5.养了十多年的猫咪，趴在日语课本上　6.有一天，发现自己的侧影很美　7.光照在球车中　8.自从发现窗外会来小鸟，会放一些小米在那里给它们　9.看着窗外发呆的先生和猫儿

厨房里的一面墙

她说这字里的"平"
中，有风雨和世面。

——《孔子庙堂碑》局部
唐·虞世南

更多的收获

洛 凌
自由职业

无机心，活得有趣

学字 3 年多了，对成年人来说，技术本身也许不是最难的，难的是学时无机心。老师常说，有愿心无目的，就是提醒我们机心不可用，别算计。把眼光聚集在"写好"这个目的的达成上，会暗示自己要更加认真和用力，太认真会紧张，紧张会产生多余的力量，多余的力量会产生多余的动作，结果就很难好。放松则是无机心的状态，一种不较劲、不当真的认真。

想起汪曾祺说："对生活充满兴趣，不管在什么环境下永远不消沉沮丧，无机心，少俗虑。"你看他笔下的油条："油条切成寸半长的小段，用手指将内层掏出空隙，塞入肉茸、葱花、榨菜末，下油锅重炸。油条有矾，较之春卷尤有风味。回锅油条极酥脆，嚼之真可声动十里人。"他写冰镇西瓜："西瓜以绳络悬之井中，下午剖食，一刀下去，喀嚓有声，凉气四溢，连眼睛都是凉的。"

白 鹿
金融业从业者

想得少了

以前我会记得过去发生的事情的很多细节，觉得它们非常重要，特别希望自己记住某一个场景、某一些画面，好像忘掉它们，人生就不完整了。所以如果哪件事情记不清了，我会很紧张，会努力地把它想起来。

写字以后，我就开始慢慢地"失忆"。慢慢觉得，如果一个人在当下的生活里，有觉得特别有意思、特别愿意投入其中的事情，也就不会那么执着于过去了。不是刻意要忘记它们，而是眼前的此刻已经足够让人投入和用心。

小 新
撰稿人

如见知音

我得到了一种如见知音的感觉。这么说吧，某天我突然写到了一勾的时候，那一下勾出去，感觉和智永勾的一模一样。你知道那种一样在哪里，甚至那时笔尖有点呲毛，带出了一点痕迹，也是一模一样的，有一种重现了他当时书写的状态的感觉。那个时候，我真的有一种遇到知音的感觉，练了那么多次，终于就在那一瞬间触摸到那种如见古人、与他印心的感觉了。

赵 瑜
家具设计师

提高了专注力

有一个我逢人就说的变化，就是专注力提高了。

这真的是好神奇的一件事情，就是脱开写字，去做任何事情，都会变得容易一些。比如做设计，能很快进入状态，包括学古琴、学日语、学其他的，以前会觉得好难。但练习书法一年多之后，慢慢地就觉得各种学习不那么有阻碍了——不一定说能学得多好，但能马上进入状态，之后脑子也很清楚，得到了一种迅速进入一件事情的能力。窃喜。

海 鸥
全职妈妈

记得季节

写《玉版十三行》时，拍下了案头的样子，至今记得，那个季节的颜色好美。

写《玉版十三行》时的案头

杉 豆
国企管理人员

喜欢上山水画

在课上跟着老师看了很多此前不曾

接触过的中国画，发现自己喜欢上了山水画。我很喜欢范宽的《溪山行旅图》，宋时文人喜欢探索和天地自然的关系，画里山水、密林、寺庙、小人，好像把世俗生活、宗教，以及人生境界都囊括了，看的时候，内心很清凉。

从此写时就好好写，是开心的时光，没时间写，依旧开心。今年夏天去西班牙，行程紧张，就没带上笔墨，也不再苛责自己，那种久违的自由感觉真好。

李康乐
媒体人

松绑

有次上课，老师留了一个作业，让我们写下曾给自己贴过的标签。我当时写的是：我很有毅力，我是好学生。

于是才发现，一直以来，这个标签像紧箍咒一样，贴在我的脑门上。我不允许自己哪一天没写字，要不然会不断责备自己。有一次发高烧 39.5℃，我也强迫自己必须临完帖。还有去年冬天去京都，房间里没有桌子，我就跪在地上就着一个小茶几写。而这么做，潜意识里都是在告诉自己，我是一个好学生。

写下那个标签的瞬间，我突然感觉自己被松绑了。想起老师在第一节课上就提出的那个问题：我们学写字是为了什么？是为了"得自在"啊。

一 然
公司职员

简单的生活

原来我的朋友圈子很多，兴趣爱好很广，各种聚会、活动。学写字以后，很多聚会就都没时间参加了，一下班就回家，吃完饭就钻进书房。

跟以前的忙不太一样，原来忙各种杂七杂八的事，常心累神疲，喧嚣热闹的背后，往往空无一物。现在的忙，虽然也花费大量时间，但生活变简单了。心里清楚什么是重要的，就坚定地走着，每前进一步，有前进一步的喜悦。

志 群
家庭主妇

和先学会洗苹果的猴子在一起

我听过一个故事。原来地球上所有的

猴子都不会洗了苹果再吃，后来住在日本一个岛上的猴子偶然间学会了洗苹果，然后全日本的猴子就学会了，再然后全世界的猴子都学会了。讲这个故事的人说，可见猴子之间的智慧并不用面对面传递，是存在云端的。人类也有一块存在云端的共同智慧，对我来说，写字的同学和老师就是先学会洗苹果的"猴子"，我从他们那里汲取到了很多的营养，所以会希望离他们近一点，而书法就好像我的天线，能连上那片云端。

但当作者的观点和自己的不一样时，我会尤其关注。记得尹朝阳在《读画记》里说人们高估了倪瓒的孤高。而我恰好喜欢他画中的那份孤高清冷，于是便在书的空白处写道："作者如此不屑于倪瓒，这倒与我的看法不同……"

潘书京
退休工程设计师

读那些书

写字画画除了技术层面的东西，也需要许多内在的学养支撑，所以老师也会介绍和讲读很多书，这也正与我的期待吻合。我很喜欢老师推荐的宗白华的《美学散步》、熊秉明的《中国书法理论体系》等等。

就画而言，我终究是门外汉，所以很喜欢看画家论画，比如陈丹青的《陌生的经验》、尹朝阳的《读画记》、韦羲的《照夜白》。作者虽然都带着个人偏好，但毕竟是内行人谈内行事。

♥ 也许和你有关

● 为了更快乐和更自在

读朱熹的这一首《观书有感·其二》吧：

> 昨夜江边春水生，
> 艨艟巨舰一毛轻。
> 向来枉费推移力，
> 此日中流自在行。

说头夜里，江中春水大涨，停泊在那儿的那艘大船也随之浮了起来。往日里浅水行舟很困难，需要花大力气推挽而行，而现在它就像羽毛般轻盈，在江水中自在漂流着。

这是一个值得参考的看待生活的角度。若生活中只有勉力推移这一个选项，再真诚勤奋，作用也是有限。蛮力会竭尽，它无法负载我们复杂的生活，也满足不了我们终有期冀的心。

于是需要另有一些力量，诸如前文中 Lucy 所提到的"给自己的清晨"，去补给自己。就像真正的武林高手会行走江湖，也会有一座供自己休憩、习练的后山。

我们都需要为自己的生活做这件事。分出一些时间和用心（或许只是每天的半个小时），借由一些事给自己滋养和透气的机会，令生活不止于眼前固有的杂务限制与消耗，就好像江水升起，船会走得更轻盈。

回到写字这件事上，作为选项之一，许多先行的人在文章和典籍中留下了他们的体会。在留存和传递信息的功能性需求之外，他们在一生里，都乐于享有它带来的滋养。

如曾国藩说："在家无事，每日可仍临帖一百字，将浮躁处大加收敛。心以收敛而细，气以收敛而静。于字也有益，于身于家皆有益。"他收敛了浮躁，心变得敏锐而安静，这样的状态，无论对写字，对身体，对生活里的其他事，都是好的。

也如黄庭坚说："心能转腕，手能转笔，书字便如人意。"如果可以在这样的习练中，练出手心合一的本领，便也可以将它用于生活中，让"如意"之处更多一些。

所以我们这么忙，为什么要写字（弹琴、习茶、舞蹈、下棋、打球、做手工……）？

如果没有写成王羲之的妄念，也过了那个执着和他人攀比的阶段，那个"终极"目标，大概就是由此磨炼和滋养自己的身和心，收获更快乐、自在的生活吧。但并非是说"字"这样的结果可以不重要。或许人和人之间的差异会导致进阶程度的不同，但按照有效的方法习练，假以时日，写得不错是自然而然的事情。

● 花园

再分享一段跋文：

> 王履吉平生规模子敬，晚更遒逸，翩翩欲度骅骝前矣。此卷尤为得趣。当是山居清暇，心手俱畅时笔也。丙子三月获观于曹驾部舟中时过宝应，澄湖落日，不知身在飘蓬羁旅中也。

这段内容是莫是龙题写在王宠一幅草书诗卷末尾的。

他是个懂得的人，说王宠平生师法王献之，到了晚年时更为长进，字写得遒劲散逸，欲追前人了。而此时正在观看的这卷诗稿尤为好，应该是住在山里的书家，清闲自在时，心手双畅的落成。

莫是龙说自己看到这手稿时，是在丙子年的三月。那时他在船上，正经过扬州宝应湖。正是落日的时分，夕阳洒落湖面，人在其中借一叶小舟前行。在那样的情形中，他看着这卷诗稿，说忘了自己正在漂泊的羁旅途中。

字不是一种孤立的存在。想想它们从何处来？如钟繇论笔法时所说："笔迹者，界也，流美者，人也。"笔画组成了字，字来自于人，以及影响和造就人的一切。

字里蕴含着很多的东西。比如那一刻里，书写者心中的意趣和情感；在技艺的角度，他的师法和传袭也都会现于其中；我们可以经由字中的内容，去追溯那个时代给他的影响；由他的特质所形成的审美和风格，会吸引和打动与他相似的人……那些碑刻和墨迹，有如一个花园，当你得门而入，它们便成了那些可以遇见和收获的。

如上莫是龙与王宠的相知，还有他在那一刻中的忘怀，是其中的一种。

学书莫难于临古。当先思其人之梗概，及其文之喜怒哀乐，并详考其作书之时与地，一一会于胸中，然后临摹。即此可以涵养性情，感发志气。若绝不念此，而徒求形似，则不足与论书。

——《续书法论·临古》

困難

关于困难，一个不错也切实的角度是：
我就从这儿开始长进吧

有人要克服自己的聪明，有人要克服自己的
愚钝，如果站在一个更宏观的角度来看，人生
最大的困难，其实是承担那个真实的自己。

胜人者有力，自胜者强，老子说。

只是比一些人慢很多而已

蓝 小邪 填词人

01. 您是做什么工作的?

我是一个填词人,就是写歌词的。

02. 您为什么要写字?

虽然从事的是文字工作,但我一直觉得自己像个文盲。

我指的是一种内在的修为。一开始时,我凭着热爱和天赋在做填词这件事,我不是中文系的,看的书也不太多,大学时读过香港的那些填词人写的词,被打动,就成天疯狂地写。那时上课都不听课了,戴着耳机,一节课就能写一首词。

后来进入填词这个行业,也继续这样迸发了一阵。一段时间后,纯粹地靠激情的输出过去后,我渐渐觉得内在缺乏扎实的东西做支撑。于是我想要去学点什么来补一补,比如系统地学习中国传统的文学诗词、读一读古代的经典。但我自学的能力很差,不知道该怎么下手,总是一开头就结束了。

后来有朋友给我看了林曦老师在《国学堂》里说书法的节目,觉得她讲的关于书法和传统的种种,与我心里所想很契合。比如她说我们学写字,学画画,并不是为了成为一个专业人士,或在这个领域强于他人,而是为了把这样的技艺作为方法和途径,去打磨和优化自己和生活,就觉得如果我要学,就会想跟她学。

03. 学起来后,感觉怎样?

写起来后,都是挫败和焦虑。

填词是个创造性的工作。真正写的时候可能很快，但思考和酝酿时，我会好长时间都沉浸在那个状态里。如果旁边有人看着，可能会觉得我在发呆，或在乱七八糟地做些杂事，但其实我脑子一直在思索。尤其是写不出来时，更是很难抽离出来去认真做别的事，比如完成每一天的写字作业。于是这带来了我在写字上的最大困难：我没办法达到自己心里所想要的那个好的程度。

练习的量不够，就没有长进。从资质的角度看，有些人写一写就比较容易得法，但我又属于上手很慢的那一类。进步越来越慢，于是看到别的同学的作业，我就很怀疑人生。一方面觉得大家的年纪都差不多，怎么写出来的字就差了这么远？一方面知道不只我忙，所有的人都在忙，为什么别人就能够完成作业甚至超额完成？那时就感觉自己是一只掉队的丑小鸭，觉得自己不行，这种焦虑还会从写字蔓延到其他的事情上。

04. 那是一种怎样的影响呢？
我是个很敏感的人，很容易动情绪。原本只是字写得不好，但很容易由此联想到更多，觉得自己方方面面都不行，有关无关的都往自己身上揽，触发很多负面的情绪。

比如我住的房子比较老，难免有些年久失修或藏污纳垢的地方，平常无伤大雅，但我如果正在焦虑中，偶尔看到哪个角落不干净，就会觉得，我怎么连卫生都做不好？或者觉得自己为什么这么惨，要住在一个这样的环境里？也有人住得很小很旧，但就可以把家张罗得更好，而我就做不到啊。

一开始的时候，这样的难过，我也会找人倾诉。但身边的人总是会表现出对我的羡慕，因为歌词这么短，百把字就写完了，就觉得我轻轻松松做事，天天吃喝玩乐，不明白为什么我还有那么多纠结和痛苦。这让我很愤怒，想要去解释和抗争。

有一次我和一个朋友吃饭，聊着聊着，我说了些最近工作上的烦恼。她很自然地安慰我，又说起我工作中让人羡慕的那部分。那次听到之后我就哭了，边哭边反驳她，心里特别委屈。别人越说羡慕，我就越想到还不好的那一面。我很少在人前哭，所以印象特别深刻。那时我们坐在一个靠窗的位置。

05. 这样会很辛苦吧？

那时我真的是天天都想退学，琢磨着第二年我就不学了。但我也觉得，除了写词外，自己从小就是一个做事有头没尾的人，总是半途而废。如果这件事再是这样，我对自己的信心可能就全部崩塌了，真是没办法信任自己了。

那真的是我没有退学的一个原因。我当时下了一个决心：不管写成什么样，这个四年的基础周期我得学完。

06. 后来是怎样的情况？

学到第二年的时候，有一天刚好精力比较充沛，写作业时突然有点停不下来。那一天我写了很多。质量和数量当然不能和"学霸"们比，但和自己比还是有些进步。那时我突然就觉得：只要就这样写，只要写就行了。你明白吗？不用在乎写出来的是什么、有没有别人好。

我之前面对的最大困难，就是不能接受和面对自己的不好所带来的焦虑。老师也说起过，会有些人初学写字，一下手就崩溃了，因为觉得"像我这么厉害的一个人怎么写成这样"。我们在潜意识里对自己有一些期待，不一定如实，却很依赖这种想象。一旦发现自己其实做不到，就会难以接受，于是要在这个真实的基础上前进，就很难。

但那一天，我看着自己写的字，还是挺差的，却觉得可以继续下去。就那样写过几页，发现自己完成了以前无法完成的作业量。于是我就想，如果有这样的心理状态，我至少可以完成正常的作业量，而这件事已经可以让我卸下很重的一部分心理负担了。

07. 后来一帆风顺了吗？

没有啊。迈过这道坎儿后，当时觉得可能以后就顺风顺水了，但后来发现想多了。不是一直可以保持这种稳定的好状态的。情况会反反复复。但有了这样的经验之后，会没有那么容易想要放弃，因为你毕竟看到自己做到过，再咬咬牙，也就继续往前了。

08. 后来您还有与写字相关的好的体验吗？

它们会在过程中间出现。比如有一年过年，我开始临《金刚经》，范本的字很小，我的控笔能力比较差，第一页写下来惨不忍睹，但那时还是很想把它写完。我总共用了50天时间，比别人要长很多。但就像老师说的"完成比完美重要"，我没有因为自己的慢和不够好而放弃，对我来说，这个完成是个阶段性的进展，它给我带来了很多鼓励和信心。

另外一件好事，是在这个书写过程中，突然有一天我发现自己可以找到"笔尖"的感觉[1] 了，那是你"会"使用毛笔写书法的重要标准之一。那是个很大的鼓励，让我知道，虽然途中有停顿，有意外，有起伏和不稳定，但只要持续地做，那种有"笔尖"的感觉，我也做得到。

这些进展，有的人在第一个月，或者第一年就可以拥有了，但这件原本我以为

[1]　　　　　笔尖的感觉

　　在书法中，会用笔尖是非常重要的一件事，它会帮助书写连续而流畅。

　　原理有点像芭蕾舞者的脚尖，可以在不断地踮起和下压时保持着控制力，有一种稳定、平衡的节奏。在毛笔上，就是每一笔按下去，手还能将它提得起来，因为这个动作，不会有过多的墨留在纸面上，不会发生抹擦，还可以帮助毛笔弹回原本的圆锥形状，便于下一笔的书写。控制笔尖功夫到位时，这些动作是书写中的一种自然状态，会笔笔相生、流畅自如地行进。

自己这辈子都做不到的事，到了第四年，发现我也是做得到的。只是比一些人慢很多而已。

09. 所以你更接受自己了。

是的，我开始可以接受自己没有完成作业和比别人写得差这些事了。虽然也会有情绪的反复，但我开始不再因此而不断地自我攻击。

以前我会因为少写了一页的作业而焦虑，但现在，如果我没有完成这一周的作业，我会让这一周过去，就再见了，我去完成下一周的。如果下周也没有完成，也再见，我不会再把它叠加起来攻击自己，而是现在就做现在的事。

我把这种对自己的接受称作"破罐子破摔"，每个人的状况和进程都是不一样的，比如一个阶段里，我可能体力和精力都不够旺盛，我要允许自己的"不好"，而不是把自己放在一种不如实的期待中。

10. 除了写字，您还有什么收获吗？

懂得和自己的情绪相处了。

先是接受。我痛恨过自己的敏感，觉得如果没有那么多情绪，一定会好很多吧。后来写字把我的焦虑推到了一种临界点，跨过去后，我接受了自己是一个写得不够好的人，由此也接受了老天造出来的我就是一个敏感的、容易焦虑的人。不会再随时因为否定自己的焦虑而更焦虑，其实是省了精力了。

再是使用它。情绪化让人能心无旁骛地做事的时间是很有限的，当意识到这一点无法避免时，我就知道自己必须最大化地优化使用自己的有效时间。所以情绪迫使我去提高自己在单位时间里的专注度和效率。当人在一件事情上的精度和完成度都有所提升，对情绪也会带来抚慰，这会让人慢慢走在一种更正向的循环中。（记得老师在课上说，情绪就是一个"情绪"，没有好坏，不要人为地去定义它，重要的是你怎么用它。接受自己，找到适合自己的方法去做事和生活，这件事因为学写字而发生，但对我来说，比字写得有多好重要太多了。）

11. 您现在还期待别人对您的痛苦有所理解吗?

后来我思索过这个问题,觉得我和他人都没有错,只是人希望从别人那里得到的东西,往往并不在别人那里。后来有一些东西,我很少再和朋友聊,因为慢慢发现,随着成长,人是可以自问自答的。一些问题,是可以自己解决的。

12. 您最喜欢哪个碑帖?

我喜欢当下在写的那一个。比如现在写到智永的千字文了,我很喜欢它的秀美和圆润,以及每一笔里丰富的变化。学过的所有帖里,最喜欢颜真卿的字,爱那种"气满肉厚"的感觉。

13. 再随便和我们说点儿什么吧。

前一阵看村上春树的《当我谈跑步时,我谈些什么》,帮我解决了一个疑惑:我如果变成一个生活规律、健康的人,是不是就不能创作了?其实不是的,村上在书里的意思,是说你要写东西、要创作,是需要深入探究自己的内心的,这件事是需要足够的体力的。所以他很自律,通过跑步和严格的作息把身体维护好,这样在创作需要调动情绪时,才能稳得住②。

结合以往日夜颠倒的生活带来的各种身体问题来看,我也意识到,自己容易情绪化,有性格本身的原因,但也是因为身体状态不好,能量不足以支撑和承载这么多情绪。要好好地对待它。

---

② 人总有一日会走下坡路,不管愿意与否,伴随着时间的流逝,肉体总会消亡。一旦肉体消亡,精神也将日暮穷途。此事我心知肚明,却想把那个岔路口(即我的活力被毒素击败与凌驾的岔口)向后推迟,哪怕只是一丁半点。这就是身为小说家的我设定的目标。眼下我暂时没有"憔悴"的闲暇功夫。所以,即使人家说我"那样的不是艺术家",我还是要坚持跑步。

——村上春树《当我谈跑步时,我谈些什么》

"只要写就行了。你明白吗？
不用在乎写出来的是什么、
有没有别人好。"

1. 搬进新家时，小邪先安置好的一件"家具"　2. 学写字这件事，她觉得自己曾经那样举步维艰，但转头来看，这些学过的碑帖中，有七成，自己都好好地写过了

1/5. 学字到一定的阶段，老师会教授一些画画的内容，小邪觉得比起写字所需要付出的"努力"，画画对她而言则是更为享受的事情。图为她完成画画作业时所临的《芥子园画谱》中的小人儿和齐白石的《石门二十四景》　2. 去喧桐教室上学时的书包，一直挂在玄关的同一个位置　3. 一只玉制的小兔香插，是她很喜欢的文房之一　4. 她的超级马里奥兄弟的乐高玩具，这个游戏是小时候的快乐记忆，后来她以它为灵感填了一首词，叫"超级玛丽"

小邱准备临沈周的一幅山水画，计划
用两个月的时间，慢慢画出来

她喜欢颜真卿字中，
那一种"气满肉厚"的感觉。

——《颜勤礼碑》局部
唐·颜真卿

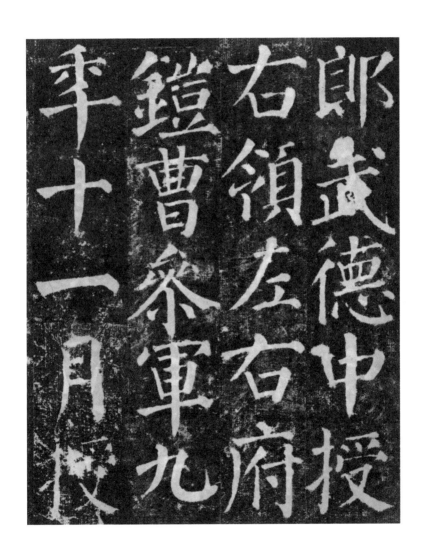

更多的困难处理方案

王婧
主持人、老师

给自己奖励

我会在书桌上放一个糖果盒子，用来奖励自己，比如写得特别累吃一块，今天这个字好难，也拿一块吃。

每隔一段时间就会有瓶颈。随着眼力的提升，一个帖写到中间阶段的时候，会突然觉得"天哪，怎么写得这么糟糕"。忍着，遇到困难说明你正在上坡，等翻过山头，一下子就轻松了。一般遇到这种情况，我会准备一个特别丰富的蛋糕哄哄自己。桃子味的蛋糕特别好吃，茉莉花的也好。

Lucy
文化公司部门主管

不省略该做的事

老师要求的"双勾"③ 真的是我不喜欢的事情，一开始觉得好烦，耽误事儿。但是事实上不勾练出来，你练100 个小时效率也比较低，但勾了那10 个小时，会让这 100 个小时很厉害。

冯欣
行政工作者

为自己设置阶段性目标

临帖的时候，我会有目标地给自己布置一些阶段性重点。比如临第一遍的时候，告诉自己这一遍的主要任务是感受笔法和整体气息。第二遍，尽量把每个字都写在格子正中间（做到这一点也挺有难度的）。第三遍，尽量使所有笔画都保持中锋。第四遍，注意所有笔画出锋入锋的角度。第五遍，把粗细变化写出来……不过，法无定法，找到适合自己的就行。

洛 凌
自由职业者

做眼前的那一点，不陷于臆想

刚写字时会臆想书论画论里提到的方法、技术、意象。后来发现，这些无论是具体实在还是玄思纷纭的秘籍宝典，对于入门级的小白来说，根本要不起来。它们更多地是被作为知识放在头脑中，慰藉那颗焦虑的目的心罢了，累积多了会成负累，反而影响最初的感知力。

所以先做起来，从体味和解决手头的那一点点开始。

蔡 蔡
广告监制

控制情绪

我一直记得老师在课上说的三条"铁律"，真的是情绪控制的法宝：一是人是会死的；二是永远不要去改变别人；第三人都是在变化中的，自己也不要一直停留在一个地方。

处理情绪，按照正确的方法去做起来，用行动解决问题，这方法屡试不爽。

一 然
公司职员

写够量，调伏心

对我来说，最难的是细节。我写的字，可能整体还看得过去，但不能细看。

---

③

双勾

　　写一个字之前，先将一张纸覆在字帖上，用毛笔延着要写的那个字，将它的轮廓线勾描一次。要尽量细致地勾描出其中的细节，这样能看到很多只用眼睛看时会忽略的细节。也可以直接勾描，这样对于眼力和手的要求会更高。

我写字的速度会比一般人快一点，因为人会急躁一点，由此手上的动作容易做不到位，很多细节就出不来。这个问题，和量没有写够有关，更重要的，还是因为心不够静，不够稳定。令心调伏调柔，是最难也最重要的事。

金 力 维
文娱记者

期待不期而遇

《武人琴音》里有一句话：朗朗晴空，偶尔一现。我觉得我写字就是这样。

有时候写得很痛苦，很艰难，搞得两三天都不想写了，但坚持下来，过了这个坎儿，再写时可能一下就找到感觉。那个瞬间好像是不期而遇的，你不知道它会出现在哪个时刻，但总的来说，往前走着，有进步就好。

聂 晶
海外市场人员

看见惯性

过年前，我们学了黄庭坚的《松风阁诗帖》。老师让我们留意其中一个"意"字，上下两个横，用眼睛看时，以为它们是平行的，但用笔画出延长线，会发现它们最终相交在一个点上。

这是惯性在作怪，而我们太相信它。和人交往是，面对世事也是，总是以自己的经验来判断，但很多时候，事实并不如自己所想。所以遇到事情或困难时，不要立即做判断，停一下，多看多想，到眼看对、手做对，这中间需要许多的功夫。

《松风阁诗帖》中的"意"字

赵 瑜
家具设计师

在长时间的练习里等待

比如一个"勾"怎么也勾不出来、怎么勾也都不对时，一时间就会很急躁，但我慢慢地发现了一个道理，就是要在长时间的练习里等待。好像海上的一盏灯，它一直亮着，你一直朝着那个方向走，某一天，那个对的勾就出来了。

于是知道只要不停地练习，它早晚会出来，那我就练着呗。

题自然会得到解决。反之如果非要马上解决这些暂时不能解决的问题，那么也就无法前行了。

王 敬
全职妈妈

一些困难和问题，不一定非要在当下就完全解决

最开始，学写那中锋一笔时，我一直写不好。到了后来，可能四五年过去，才发现，我写的时候，没有留意在行笔时让笔管保持垂直或者接近垂直于纸面。

虽然这件事老师已经说了很多次了，但在那以前，我无暇顾及，也无暇吸收，缺乏站到外面来看自己写字状态的眼光。但是走着走着，来到某一个时间点，就发现，过去看不到的，看到了，过去觉得解决不了的问题，居然都解决了。

我想我们不能试图只用自己当下的力气，去解决当下的所有问题。可以试着不要硬顶，承认眼前的问题，我还做不好，然后带着问题继续往前走。积累到一定的时候，本事长进了，问

♥ 也许和你有关

不设想一种没有困难的状态。

只要我们在不断地做事，或者说但凡活着，它就会一直在。所以先接受这件事，至少在面对困难的时候，就不会把时间和精力花在大惊失色，或抱怨自己运气不好上了。

在这个基础上，关于困难，有些事可以想一想：

● 是否对自己预期过高?

一旦接受了自己在某方面的积累和能力尚有不足，且自己也并非天才，便会知道困难对自己而言并不是个意外，由此更坦然和放松一些。

我们总是觉得（希望）自己是独特的，但实际上我们的大部分情况，都处于一种普遍的共性中，然后才是个性。所以尽量放下对自己过高的预期，把自己看作一个普通人，然后去努力。

● 付出的是否足够?

想想看自己是否下够了工夫，而没有去走那些看似是捷径的捷径? 要知道克服困难，不是"一下子"

就克服了，像一座山，需要慢慢翻过。

● 是否在期待着一个现有水平还无法实现的成果？

　　如果是这样，可以为自己制定一些阶段性的目标，先去完成眼前的、最近的那一个。

● 有习惯性地和他人比较吗？

　　那些嫉妒、焦灼和自责自怜都是帮倒忙的存在，而比我们的高明的存在永远都有，回过头来，和自己比吧。

● 有陷在情绪中太久吗？

　　情绪无法避免，要提醒自己不要陷在其中太久，乃至习惯了这种躲避而不去面对了。要知道困难本来只是那个困难，但情绪会放大它，让它变成更难的困难。

● 有没有给自己一些鼓励和甜头？

　　记得给自己打气。吃点好吃的，送自己一个小礼物，但也知道继续前行才是正经事。

● 一些困难，不一定非要在当下就完全解决

有些东西如果一时还不明白，或者做不到，可以试着不要硬顶，带着它继续往前走。积累到一定的时候，本事长进了，问题自然会得到解决。反之如果非要马上解决那些力所能及之外的事情，往往容易将自己卡住。

● 有好好照顾自己的身体吗？

这大概是我们最容易忘记的事了。请不要认为身体是一种不需要维护的存在，那些要下的工夫、要处理的情绪无时无刻不在使用和消耗着它。有时困难之所以是困难，是因为我们的身体状态不足以承担，而人在元气饱满、心情稳定时，自然能面对和处理更多的问题。把"好好照顾自己的身体"变成重要而日常的工作吧，长长岁月中，它是我们体验与成事的倚仗。

❊

关于困难，还有一个更柔和的角度。如果没有它们，我们如何看到自己的不足，并且从哪里练起呢？

人生好像一个一路升级的游戏。经由那些要过的关隘、要打的敌军和野兽鬼怪，那个主角也一路长了本事，由此可以去向下一关，在新的回合中，看到新的风景，获得新的体验。

这件事情，带来的并不全都是不悦，我们通过困难去进步，并且从中得到快乐。就像学者妮尔科·拉扎罗所说："辨别我丈夫最喜欢的游戏很容易。如果听到他大叫'我恨死这破游戏了'，就意味着他肯定会通关，还会购买续作，如果他没这么说，一小时后他就会失去兴趣。"

　　但长进带来的并不是困难的消失。"道高方知魔盛"，当能力强了，我们便自然（也才有资格）要去面对更高的挑战，处理和体验更多的事情，那是老天爷给我们的更高级的体验。在这个角度中，它甚至是可以期待的。

　　除非游戏落幕，困难始终都会出现。我们如何看待它，决定了我们会用什么样的心情和状态去处理，由此也决定了这一路的体验和所得。这是更重要的那件事。

　　　　　验证你是否活着的最好方式，就是查验你是否喜欢变化。请记住，如果不觉得饥饿，山珍海味也会味同嚼蜡；如果没有辛勤付出，得到的结果将毫无意义；同样的，没有经历过伤痛，便不懂得欢乐；没有经历过磨难，信念就不会坚固；被剥夺了个人风险，合乎道德的生活自然也没有意义。

　　　　　　　　　　　　　　　　　　　　——《反脆弱》

方法

有些风景，走得不够远，
是看不见的

"正确的方法"是一种被实践和总结之后的
有效路径，由此获得的达成与突破的成就感
可以帮助我们走得更久更远——于人生的有
限中，去看到和体验更多。

何事惊慌？

周小鹿　文化创业者

这部分的采访中，被访者以写字为例分享了一些关于学习和进步的方法。其中有少量内容，对于对书法不太了解的读者而言，可能稍显专业，可以读得慢一点，耐心一点。

01. 您是做什么工作的？

我之前在中央电视台工作了十多年，从事内容创作工作。最近这些年在创业，主要做视频与音频类课程以及文化创意的工作。

02. 您为什么要写字？

有两个原因。一是我属于"生命在于静止"的那类人，不怎么爱动手，就喜欢看书。脑子里填进去太多东西，如果不动一动，去操作和实践，人容易"发死"，所以我就想学一个可以动手练起来的功夫。

第二个原因，也是我一直在持续这件事的原因：临帖是一种帮助我对抗惯性的特效方法。

03. "对抗惯性的方法"，能具体讲一讲吗？

比如写过褚遂良的字，转到写虞世南的字的时候。

写褚遂良的字时我挺高兴的，因为没想到自己能写得不错。大家把褚遂良叫做"线条大师"，他字中的线条有着很丰富的表现力，一个线条里有好几次波动。那种扭来扭去、外露又嘚瑟的动势和我偏静的性情正好相反。我能把那种感觉写出来，意味着自己越过了一些难度，因此得到了巨大的满足。

但等到要换帖写虞世南的字的时候，我就在写褚字的惯性中出不来了。虞字和褚字相反，它非常安静，点画中并没有那么多的作为，看上去就是很简单、恬淡的一笔。但我在很长一段时间里，都写不出这样的"简单"，总要像写褚字那样，忍不住这里抖一下，那里扭一下。

现在想起来，要放下先前那些给了自己巨大满足的东西是不容易的，心念影响手上的动作，每一笔都带着褚字的风格。还无知地觉得虞字和褚字比起来，是有一种"技术降级"，会有点不甘愿写得更"简单"。

但临帖这件事，就是在对治这些问题。就像"临"字中的"面对"的意思：它需要人不断地从自己的习惯性思维和动作中出来，去看帖。当摆脱自己的主观情绪，愿意客观地去仔细观察原帖时，会发现那"简单"的一笔和想象中的并不相同，那些技术动作都在，只是被处理得更细致与含蓄了。比如同样一个调锋①的动作，褚遂良会写得外露而显著，虞世南则把它们蕴藏在了一个更小的范围中——那是一种不容易看见但能感受到的气质，实际上是更难了。

上下分别为褚遂良与虞世南所写的"流"字，风格和特质很分明

① 调锋

　　往往是指一笔写完，要写和这一笔相连的下一笔时，需要做一些动作，比如将笔锋上提、摆动等，以此调整好笔锋的行进方向和状态，便于下一步的书写。在这个时候，如果动作比较大，会在笔画转折处形成相对拖沓、啰嗦的调锋、顿挫痕迹，虞世南对此的处理，就好像古人所比喻的"折钗股"。如弯折的金属发钗，不露刻厉、多余之圭角，筋骨内敛，一任自然。

护短的心人人都有，尤其在得意的时候，更是愿意顺着这个感受一路往下，拒绝给自己挑刺儿。但爽则爽矣，却难以进步了。所以老师总和我们强调"读"帖的重要性，那是一个更冷静、客观的立场。有原帖作为"标的物"，我们便可以更如实地面对自己写下的每一笔，矫正自己的动作，往确切的方向去了。

04. 如上更多是关于一种心法的要领，能分享一下相关的操作方法吗？

比如在临帖的时候，老师会要求我们先做一个工作，叫"红笔改"。它的原理就是，当你写一个字时，不要急着写下一个，先用一只红笔，将你写下的这个字，比照着原帖，将差别一一标注出来。经过修改的过程，问题会体现得更明确而具体，然后带着这些意识和认知，再来写那个字。

我把类似的方法形容为"逆人性"和"泼冷水"。因为它们意味着你不能畅快地写下去，而是要被不断打断，做一些"否定自己"的工作。

记得我在写《兰亭序》时，写到"岁在癸丑"的那个"岁"字，怎么也写不好，于是开始了一遍遍的重复。人很奇妙，即便知道这不对，也知道自己已经陷入某种偏执的情绪，也不愿意放下毛笔，去做"红笔改"的校准工作。大约是放不下那个已经写过很多遍的沉没成本，还生出了很多内心戏为自己辩解，比如"现在停下来改，一会儿毛笔就会干掉""再写一写一定能写好"之类。就这样顽固地写了一百多个"岁"字，知道确实写不出来了。

第二天再写时，我长了教训，老老实实写一个，改一个。当人愿意放下毛笔、拿起修改的红笔时，便发生了一种角色的转变：从一个会本能护短的写字的人，转变为一个客观审视的修改者。人冷静下来，事情就会开始变得有效，会真正去关心"字如何能写好"那个方向，而不是被情绪蒙蔽住——老老实实地，先从整体的形态开始改起，字的样子便已经有五六成的接近，再去调整结构中的比例、角度、粗细等。一次解决一个问题，一路下来，也就不到十个"岁"字的功夫，就写得像模像样了。

（想来人生里遇到很多事，也需要一点这种"毛笔和红笔"的距离感呢。）

05. 所以你很信任碑帖，把它作为一种"权威"的存在。

权威这个词容易引发歧义，仿佛有一种不可撼动、不可说"不"的强制。我觉得用蔡邕说的"沉密神采，如对至尊②"中的"至尊"更合适。面对帖，就像面对一位发自内心敬重的尊长，他是可以对话交流的，但前提是得先练出和他对话的基础和本事。

有时候真是要放下自己的那点小小的傲娇的。人在山巅，我在山脚，很多我们主观上认为的不好与不喜欢，常常是因为我们还不懂得，所以那些一时的喜好倾向也真的不重要。

那些经典的碑帖是在几千年来无数人的书写中，被筛选、流传下来的，它们经过了验证，而我们只要去跟随，好好学习、好好临写就行——它们好像北极星，是一种现成而可靠的方向，只要愿意看向它们，就会得到反馈，被校准。

我会觉得这是一种很大的幸福，人生很多事，不会有那么多现成的样板和厉害的人来帮你的。即时得到反馈，打破惯性，让事情在一种可改变、可修正的状态中，这一点非常难得。

---

②   *沉密神采，如对至尊*

      来自东汉蔡邕的《笔论》，这句话是讲书写时人所需要具备的一种安静凝聚不懈怠的状态：

        "夫书，先默坐静思，随意所适，言不出口，气不盈息，沉密神采，如对至尊，则无不善矣。"

06. 您写字感觉最好时是怎样的?

我觉得写字的快乐有不同的层次。

比如那种通过一张纸一支笔,和自己安静相处的感觉就很好。看着自己写出一些看上去不错的字,也挺开心的。但这不够,因为写"爽"这件事,不够有稳定性,它有点像乍现的灵光,如果无法持续产生,你又很依赖这种感觉,便很容易因为一些挫折和不符合期待的状态而放弃了。

一种更深层和更长久的快乐往往隐藏在挫折和困难里。当我们可以经由正确的方法去练习,得到长进,那种发现自己在进步和前行中的快乐会持续而长久,它会让人升起真实的信心,对于那些困难和挫折,也会更容易接受,甚至有能力去享受。

07. 所以书法对您来说意味着什么?

我觉得这件事是一座无止境的山,可以一直往上爬,每爬高一步,看到的风景都不一样。比如最初我们临写《峄山刻石》时,追求的是一种线条的品质,以及一种基本的造型上的准确。但这些年过去,我再回头去写它时,突然发现,我的感受不同了,那不仅仅是一种饱满、浑圆、均匀的线条,在其中,我还能感受到一种射箭时弓弦绷紧的张力。

08. 分享一个您喜欢的帖吧。

写到孙过庭的《书谱》时,下笔之前,我先读了这一篇文章。其中有一句是,"古不乖时,今不同弊",觉得说得真好。

传统和当代的关系,关于"过去比现在好""过去的东西在当下有什么用"这些问题,人家八个字就说明白了:我们的立足点在当下,过去的东西需得在当下有用,可以服务于当下才好,所以不必假设或一味向往某一个过去的黄金时代。但也不是说今天都是好的,一些流俗和时弊,也要警惕,不要沉溺其中。

提笔写这个帖时,发现这八个字前面的字的动势都比较快,到了"古"字开始,就变得郑重起来，可以很明显地看到：书家放慢了速度，以非常饱满的中锋用笔将它们一一写来，我想孙过庭在当时应该是非常推崇这几个字的价值的。

每个时代的人们，可能都会面临同样的问题，并去试着寻求解答，看到一千多年前的他郑重对待着此刻的我也喜欢、认同的那一句话，真的挺开心。

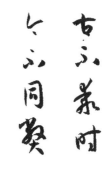

"古不乖时，今不同弊"

09. 再随便和我们说点什么吧。

记得很多年前，我去四川采访一次严重的泥石流。到了目的地，是好多倒塌的房子和滚落的山石，一片凄凉。慢慢地往里走，走到了一片空地上，一个作为安置点的地方。在那里，我看到有人在打麻将。他们都是灾民，有的才从废墟里爬出来不久，有的失去了家人。他们打的那个麻将，牌还不全，就用石头刻一下替代，哪怕牌友们都能看出来这些"牌"是什么，也不耽误他们玩得很认真。看着他们投入的样子，觉得他们正尽着很大的努力来度过人生这一场游戏。

那样的情景让我感觉到，人并不是活在一种固定的模式里的，比如遇到这样的事情就应该只有痛苦。就像废墟里的他们依旧要寻求快乐，要往前走。

不时碰到这样的情势，虽然并不全都有皆大欢喜的后续，但也会觉得抚慰，有一种"何事惊慌？"的感觉。

第一次

第二次

第三次

第四次

文昌帝的年龄藏在自己的脸庞里宣纸的年龄藏在破旧的缝隙里竹子的年龄藏在一波三竹节衰纷革的年龄藏在越来越短的自己里　郑裴果

1	3	4
2	5	

1. 以《兰亭序》中的"畅"字为例，小鹿说，初学时改三次是最基本的　2.《兰亭序》中的"畅"字和小鹿的临写练习　3. 泰山经石峪的摩崖刻石《金刚经》，她觉得很萌　4. 女儿写的一首诗，她将它抄写了下来　5. 家中的读书架，她在这里与小朋友一起看画册

"当我们可以经由正确的方法去练习，得到长进，那种发现自己在进步和前行中的快乐会持续而长久，它会让人升起真实的信心。"

1.小鹿喜欢的一支名为"灵爽"的毛笔，用到笔杆有些开裂，先生便为它一上一下焊了两枚小圆环来固定，先用铜丝缠绕，再烫锡固定，她说就像笔的戒指　2.家中贴书画习作的毛毡板上有自己的作业，也有女儿的画　3.湖南乡下亲戚家的味道相当好的腊肉　4.书桌的外头，有妈妈开辟的一小块菜地　5.大女儿在学校学古文识字，她便把邓石如的篆书千字文贴上了衣柜，以便常常都能看见

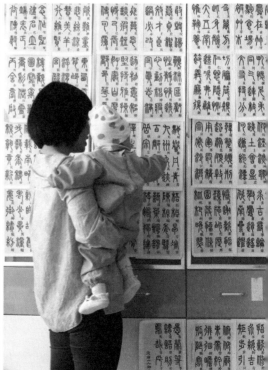

在恒桐学习到第四年时，学到《书谱》，那时正怀着小女儿，
用半个月时间做了一次通临，觉得很畅快

《书谱》里说的那些事，
让她读得开心。

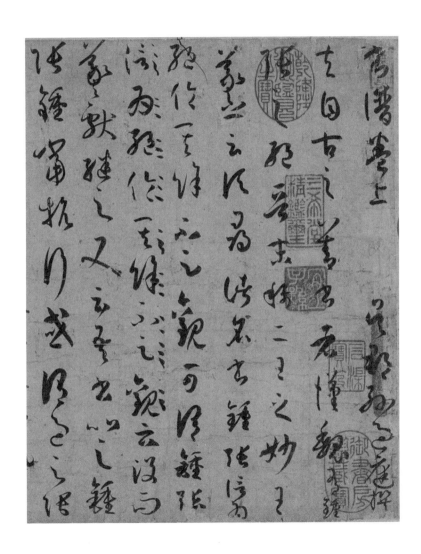

更多的学习方法

志 群
家庭主妇

有一个"石头"样的方向

老师讲过人要有"双视线"的能力，一件事情既看到平等又看到差别。

平等是，我们和王羲之写的都是《兰亭序》。差别是，王羲之在 1000 层，我们可能只在 33 层，但看到了那个方向。那个 1000 层，是理想，好比一块石头那么厚，而现实的我，只是一张纸那么薄。不要着急，慢慢积累，由一张纸而一本书，由书而辞典，由辞典而辞海，最终与石头相当。

我一直觉得自己不是"学霸"，有时候也像是"脚踩西瓜皮溜到哪里算哪里"。但是我要确认自己是在往石头的方向走。变不了石头不要紧，在纸变书的过程中，看看一路的风景也很开心。所以，世界辽阔，have fun。

蒋 洁
律师

一天写明白一个字

因为希望自己有真正的长进，所以写作业时我比较追求练习的有效性，不会省略该做的每一步，不刷量，一天能把一个字写明白，就觉得特别开心。

孙 璐
行政人员

打卡

写到《篆隶千字文》的时候，我觉得它特别美，于是给自己定了一个计划，每天写一篇《篆隶千字文》，连续打卡 45 天。

写到第 10 天的时候，有点儿撑不住了，那几天还特别忙。但转念想，这件事是为自己而做的，就再坚持坚持。

这件事之后，我对目标的设定越来越短，不再很宏大，比如现在的希望便是今天比昨天进步一点点，不停止，不荒废。

赵 赵
儿童托管业从业者

允许自己懈怠

从没想过放弃。但确实有将近一个月的时间都没怎么摸过笔。一方面是因为忙，另一方面其实是自己懈怠了。事情会有波峰和波谷，到某个时间段，意志力、自控力不够的时候，就不要太勉强自己。过了那一段之后，状态慢慢调整，会突然很渴望回到日课的状态中。

酥 油
自由职业

让偶然成必然

刚开始学写字的时候，因为有些基础，有点三天打鱼两天晒网。但凡写出一个好看的字，我就把笔一搁，觉得自己已经写出来了，不再继续。但现在知道那只是一个偶然，只有写过十遍百遍，功夫才会真的长在手上。我们

都会拥有各种偶然，但要让偶然成为必然，是一个很漫长的过程。

小 V
财务

同时进行

就目前来说，我觉得最有意思的事情还是工作。也有过一年 gap year，那阵子我把电视机搬到书房，把书桌搬到了客厅，每天都写写画画，想能不能以后专门做这些，但还是怀念工作的挑战，回到了职场。不是说字画这条路走不通，只是觉得不必非要把爱好当成生活的全部，那些古代的文人，不也是一边写字一边上班，或者再干点别的么？

江 江
全职妈妈

丢掉速成的心思，是勇猛精进的正道

学到《兰亭序》的那会儿，爬山不慎摔断腿，左腿小腿胫骨和腓骨都断成两截，大部分时间都在卧床休息。一直期待的《兰亭序》没有学习到，有很多遗憾，但也有其他收获。比如一直喜欢画画，总觉得没时间，这会儿

江江临过的《芥子园画谱》和各家的山水

不正是哗啦啦的时间吗？于是每天一张，临完了山石树谱，就临山，仿各家小图。

《白石老人自述》里说，他 20 岁时借了《芥子园画谱》，在松油柴火灯下，半年几乎摹写完全部，之后的五年，也反复临写。到现在为止，我花了近两年才临完其中的一部分，就更叹服白石爷爷这"日日挥刀五百下"的刻苦劲头了。和资源缺乏的年代比起来，我们真的太幸福，但也由于得来容易，反而丢弃了用最笨拙最简单但又最扎实有效的方法来汲取营养的能力。所以一看到《芥子园画谱》，我就提醒自己，丢掉那些想要速成的小心思，学学前人，扎扎实实下点苦功夫，才是勇猛精进的正道。

我家楼下有一棵楝花树，住久了，与它也渐渐有了感情。小时候叫它臭豆，因为结的小黄果掉下来被踩烂很臭。古人却雅，叫它金铃子，可以入药。过去有十二花信风，自小寒开到谷雨，每五日一候，每候应一种花信，最后一信就是楝花，楝花开完，夏天就要来了。楝花一簇一簇开，小的紫色花朵，花心深紫，有种奇特的花香。

记得在暄桐上完了第一年的课，发现正是楼下楝花开时，改了首宋诗，拍照发朋友圈感慨了一下，自己也就记住了，于是每年看到楝花开，知道又度过一年的学习了。转眼，楝花开过四回了。

蔡 蔡
广告监制

让自己随时可以开始

写字的那一套家伙什儿不要收，就放在桌上，这样你每次路过，就会很自然地想坐下来写一篇。

蔡蔡的书桌

♥ 也许和你有关

这一部分的主题是"方法"，而方法，是为了让我们在学习或做事中，可以"持续"下去。"持续""坚持"这样的词，猛一看起来，有一种辛苦的意味。这样的行为就像一种工具，助人通向结果，取得成功。但我们真正站在那个因持续而抵达的结果上时，会看到什么呢？

是新的一程吧。

不是就此立定在这里，而是有新的风景和体验可以开启，这是一件多么让人安心的事情。但许多的风景，走得不够远不够久，是看不见的。因而我们会需要方法，那些被验证和总结过的有效举措，会帮助和支撑我们一路前行，移步换景。

如下的一些参考建议，是一些可以让人在学习或做事中持续下去的方法。

● 让这件事是自己喜欢的，至少不与自己的性情相悖

如此，我们需要面对和解决的，只是任何进程中都必然会出现的难度和卡顿，而不是违逆天性的痛苦，那只会事倍功半，并且对身心无益。

● 找到同伴

不要高估自己的意志力，有人同行，更适合远足。考研也好，打球也好，跳舞也好，写字也好。人和人之间的陪伴、应和、督促，甚至一些小小的比较，都会让这一路更有生机，也更容易持续。接受人性的弱点，尽量不要让自己孤军奋战。

● 务必重视老师和方法

好的老师会提供有效的方法，因为已经被总结和验证过，所以那往往是通往成功的"捷径"。个人的力量和经验终究有限，借力和使用工具会让努力变得更有效。就像在山中，尽量不要胡乱碰撞，那些被前人踏出的路径，会让人成功抵达目的。要知道失败不会令我们继续前行，被解决了的困难才会，甜头会让人自动向前。

● 重新理解挫败和瓶颈

把它们看作一种提醒，跳出来看一看，比如方法是否出了问题，或是用功的方向错了。还有一个角度，如果途中突然觉得自己做得不好，无论如何也不能满意，那是进步的一种标志，说明眼力或见地有了提升，而手一时还做不到，继续走就好，多练几次。

● **阶段性放下**

一些暂时解决不了的问题，允许自己先阶段性地放下，不以求完美作为停下来的借口，而是带着问题继续往前。很多问题会随着你的前行，在不知不觉中被解决。

● **将大目标拆分成很多个小目标**[③]

放下速成的心思，清楚方向之后，把注意力放在今天的任务上，安心去完成就好。

[③]　　　　**例如村上春树先生关于跑步的计划安排**

我跑得相当认真。非要举出具体的数字加以说明，便意味着每星期跑六十公里，亦即说每周跑六天，每天跑十公里。本来每周七天、每天跑十公里最好。可是有的日子会下雨，有的日子因为工作太忙抽不出时间，还有觉得身子疲惫实在不想动步的时候，所以预先设定了一天"休息日"。

于是乎，每周六十公里，一个月大约二百六十公里，于我而言，这个数字便大致成为"跑得认真"的标准。

——《当我谈跑步时，我谈些什么》

● 合理设置"赶超对象"

　　可以为自己阶段性设置"赶超对象"，这种工具式的存在会带来激励和动力。

　　这个"赶超对象"要比现阶段的自己好一点，但不要高出太多，否则可能导致妄念和挫败。

● 善用"死磕"

　　学习中需要有"死磕"精神，比如在一些难度较高的阶段中，或在确实需要反复练习的时候。但不能只有这一条路，不然很容易预支和消耗掉我们的能量和热情。时常记得感受一下心里的底色，那些喜欢的事情应该成为我们的滋养，而不是困苦和勉强。

● 营造可以随时开始的环境

　　比如摆好了笔墨纸砚的桌子，装好了运动衣物和相关工具，拿起就可以出发的包。从天气到心情，我们会为自己的懒惰找出各种理由，不需费力准备和折腾，可以马上开始，对于促成行动会有巨大帮助。

● 消融目的，轻装前行

　　谁说一定要成为书法家、舞蹈家、行业领袖或者各种了不起的人呢？要相信自己在很大概率上都不是天才或"被选中的人"，并没有背负某些特殊的使命。放下包袱，就这样在路上跑着、走着、体验着，不好吗？

時間

我们负责当下，时间负责积累

足火的东西之所以好，是因为该花的时间该
下的功夫，一点都没有少。当我们知道自己
将要去往何处、为什么而努力时，就只管负
责好每一刻的当下，把其余的交给时间——
它会自行积累，如实生长，把那些一点一滴
的作为，熬煮出应有的滋味。

我一分钟都不想浪费了

骊 淳　投资人

01. 您是做什么工作的？

我之前在建筑设计公司做管理。现在调整了下工作的节奏，辞了职，做一些投资，也做家庭主妇。但我觉得我还有另外一个"本职工作"，就是以观看四季的轮回作为自己的终生职业。其实这是梭罗说过的话。

02. 在这方面您有什么体会吗？

我从小似乎就会比较多地留意到身边的自然和景象。我小的时候，父亲跟我讲，我生在谷雨这天，而每年的谷雨都会下雨。我不相信，就观察了好多年，发现确实如此，基本上每年谷雨都会下雨，哪怕只有零星的几个小雨点，也会下一下。

我的住处附近有海，每天早上起来，我的第一件事就是拉开窗帘，看海、太阳、山峦和云层。每年有几个时候，月亮从山海中升起来的时候会特别圆特别大，到了那时，我就会到海边去看如探照灯一样的它。

还记得多年前的一个场景，那次公司为我搞了一个庆功会，喝了点酒，回家歇下后半夜醒来，睡不着，就走到阳台上。按理说天是黑的，应该什么也看不见，但抬头却清晰地看见浅灰色的云朵在天空青黑色的底子上哗哗地涌动奔走。四周万籁寂静，半夜里的大自然也是那样忙。多年后临写《寒食帖》，了解到庄子的"夜半有力者负之而走①"，会会心一笑。那天的景象我到现在都记得。

03. 那您是如何开始写字的？

我很早就知道林曦老师，但我在深圳，没有想过一定要跑到北京来学写字。之前在工作上，我参与过一些比较大的项目，持续了好几年紧绷的状态，回想起来我很感谢那个过程，它磨炼了我，同时也让我领悟到，无论再忙，都要让自己的心中有闲。后来关注到老师的一些演讲，看到她曾说过人要懂得"手忙心闲[②]"，一下子就像对上了暗号。

后来我就去跟着林曦老师学写字了。我找到了一个航班，周六早上搭 8 点半的早班机从深圳到北京，下午 6 点上完课，坐 8 点的飞机回去。

[①]　　　夜半有力者负之而走

　　　庄子写道："夫藏舟于壑，藏山于泽，谓之固矣。然而夜半有力者负之而走，昧者不知也。"

　　　大意是半夜里，有一个力士，将藏在山中的舟船、藏在水中的山背走了，糊涂的人却还不知道事情就这样发生了。这个寓言以可以移走舟船、山川的力士比喻自然造化无形而巨大的力量。后来苏轼把它写进了他的《寒食雨》里："卧闻海棠花，泥污燕脂雪。暗中偷负去，夜半真有力。"

[②]　　　手忙心闲

　　　这种状态基于一种看待事情的角度，即做事不是向外的应付，而是借事磨心，专注投入于其中。人在充实进步时，即便处于紧密的节奏中，心中也可以是安宁和放松的。闲也不是无事可做，而是一种自在、从容的状态，它基于一种充沛能量下的自我的主动选择，无论一事不做还是忙忙碌碌，都不会懈怠、慌张。

深圳飞北京的航班每次都准点，但晚上回去的就不一定了。有一次我在飞机上看着书睡着了，醒来后想应该到深圳了，那时飞机的广播响起来，说："各位旅客……因为暴雨……我们现在降落到厦门了……"

04. 来回跑会觉得辛苦吗？

说实话，即便在很忙的时候，我也没有觉得跑去北京上课不方便——只需要用周六的一天的时间，就可以完成了。

这件事没有想象中那么难。以前古人进京赶考或者是去外地办个事，会是一段非常漫长的旅程，有的人再回去时，妻子也老了，家中也发生了很多变化。到现在，因为科技的发展，时空的限制已经越来越小。

如果不感兴趣，教室就算开在家门口，恐怕也没办法做到每次准时去上课。如果是真的在意的事，天涯海角都会想方设法找到它，因此，时空的限制，会随着你的心愿，再次被淡化。

05. 在写字这件事上，您的进展如何呢？

前一段时间，我重写颜真卿的大字。因为间隔了挺长一段时间，一开始就写得不太好。那时候我一边练，一边看朱关田先生的《艺术巨匠》中关于颜真卿的记述。

颜大人的生平，我以前还是了解得太少，读过之后特别感动，有三处看得几欲泪下。我不知道是不是因为对书家有了深一点的了解，再写他的字的时候，写得好一点了，老师也说我进步很大。

我想，可能是因为自己投入的真心更多了。我不敢说和古人有精神上的相应，但稍微近了一些。这种触发很难表述，好像由此每一件事情，包括一些动作、节奏，都发生了一些极其微妙的改变，然后在字里有所体现。真是说不好，但我觉得你应该会懂。

06. 写字感觉最好时是怎样的?

有时也忘记时间写到夜里,书桌上的灯光照亮一角,四周很安静,人也很放松。之前家里的狗特别喜欢守在书桌下,大概它们也能感受到那里是让人安心的角落吧。通过书写,我好像把自己看得更清楚一点了,这段时光里的自我完成和默契是无价的,这种感觉胜过千言万语。

07. 写字给您带来了什么改变吗?

我是个急性子。比如说我小时候要画一张画,不画完,我饭不吃,觉也不睡。背后也没有太多想要获得表扬的功利心,但在性格上,我就是很急,就是要把事情马上搞定,要马上得到一个结果。

画完了会很开心,但仅凭一腔热情做完之后,它的生命力,以及人从中获得持续成长的机会是很少的。完成只能说明你有一定的热情或是有一些小小的能力,但这个东西太不值得一提,因为它无法生长和发展。我画画就是这样,仅有几次相关的经验,之后就没有再画下去。

在学写字的这个过程中,我有过和小时候一样的行为,比如曾经一天写完了一本《峄山刻石》。我从白天开始写,写到第二天凌晨 5 点多,洗漱好就上班去了。在某一角度来说,这很积极,看起来也很厉害,但实际上,我被时间制约了:本质上我不是在写字,而是在赶时间。如果没有达成,我可能就挫败放弃了,写完了,却因为用力太猛,也会累到伤到,由此容易懒下来。从长远看,这对自己的心态和能量都不是一件好的事情。

老师说,写字这件事情,戒急戒懒,要在一个比较长的周期中,平铺心力,把事情一点一点地完成。从每一天的日课做起,保持着良好的节奏,让它是可以持续的。长期积累下来,人的进步和所得,会比热情爆发那一下的勇猛行为所带来的,要持久和稳定得多。

从快速得到结果的惯性中停下来,把工夫用得更深更久,如果说写字给我带来了什么改变,便是那种急躁的心态,由此戒了很多。

记得我中学的班主任老师一直对我怀着恨铁不成钢的心情，她的比方是，和其他孩子一起上楼，大家还在一楼慢慢往上走的时候，我一下就冲到 5 楼了。但一共有 50 层楼，我就停在 5 楼开始玩了。就像这样，很多的事情都只能是蜻蜓点水。我觉得她如果知道我现在是这样在慢慢地长久地写字，应该会感到有点惊讶吧。

08. 您现在的写字时间是怎样安排的?

我把时间当作一个工具来使用。

比如这次的作业，我们有 10 天的时间来通临颜真卿的《颜勤礼碑》，我计算了一下，如果每天写 6 页，差不多正好完成。设置好这个数量和节点，在写的过程中，我便不再去想着还剩多少时间和写得如何了。一切已经安排好了，我只需要在这个过程中，认真地体会每一笔每一画。

所以这是一个先规划好时间和结果，然后在过程中忘掉时间和结果的事情。我有跑步的习惯，我发现跑步也是这样的，当我开始想还有多少距离才能跑完时，就会感到脚上忽然一沉，从无例外。只管去跑，忘掉时间和终点，没有多余的情绪和想法，会轻松很多。

09. 分享一下您喜欢的碑帖或书家吧。

我很喜欢《玉版十三行》。优美又洒脱，写的时候有种在触摸一块很润的玉的感觉。

10. 除了写字，您还有什么收获吗?

年轻时，生命似乎就是用来挥霍的，那时心气浮躁，阅历也浅，许多道理都视而不见，也无从体会。大约 40 岁以后，我就升起一个很明确的想法：我一分钟都不想浪费了。

但关于浪费的定义，我之前也不太明白。比如把时间填满用力去做，那就叫不浪费吗？或者那就是浪费吗？我发现其实都未必是。写字以后，这个定义越来越清晰了，那就是只有在真心的映托之下，时间才会显得格外有意义和有价值。所以无所谓在做着什么事情，重要的是你在其中，是否有一颗投入的真心。

11. 您调整了工作的节奏，不再打卡坐班后，生活有什么不同吗？

在这个阶段中，我依然很忙。从料理家务，到做自己的一些事，还有日常的学习，每一天都安排得很满，也没有因为不用坐班而松散下来。

最近有些变化，让我知道自己可能再过一两年，这段不上班的日子就会结束，进入下一个阶段。但那并不是计划中或安排好的，我只是做着自己的事情，变化就自然来了。我们真的不需要也无法在当下抓住一个什么，职位也好，报酬也好，大家的尊重也好，意义也好。很多东西其实都不在人的主观筹划中。如果你足够诚心地做着眼下的事情，一些想象不到的生长，会自己发生。

12. 再随便和我们说点儿什么吧。

一个很小的片段。有一年我和先生去到美国西北部的加农海滩。在酒店办完入住之后，已经是傍晚，我无意中扫了一眼窗外，天啊，这是画还是梦？赶紧拉着先生到海滩上去。

那一片天空开始是粉红色的，随着时间在不断地变化着，非常美，很难形容。海滩上没什么人，海水很宁静，海浪轻轻拍打，海鸥跳来跳去。我们什么话也说不出来，就站在那里看了快一个小时。天色像调色盘一般不断变幻，一点一点地，到最后完全黑了。我们还站在那里。我说，这是我有生以来见过的最美的日落。先生说，他也是。

加农海滩的日落

暄桐教室上课时，骊淳从深圳去至北京，早晚有闲时，会在酒
店房间里写作业

"无所谓在做着什么事情，
重要的是你在其中，是否
有一颗投入的真心。"

1.有时夜里写字时会忘记时间，骊淳喜欢那样的时刻，书桌灯
光照亮一角，四周安静，人很放松。那时家中的狗喜欢陪伴在脚
下，现在它已经离开，她依然珍视那样与自己相对的时间　2.往
返北京深圳时所带的随身包，其中有笔囊、作业和途中读的书
3.学楷书时临习的《九成宫醴泉铭》

清晨常去家附近的公园跑步，
有时白鹭会从头顶飞过

她说写《玉版十三行》时，
有触摸一块很润的玉的感觉。

——《玉版十三行》局部
东晋·王献之

更多的书写时光

陈 英
儿科医生

在高兴和累时写

如果那天特别累，我会觉得，今天什么事也干不了，写会儿字吧。我要是特别高兴，也会想，今天这么高兴，写会儿字吧。

王 浦
财务总监

总能找到时间写

我早晨不写字，正常情况下 7 点钟就出门上班了，都是晚上写，每次两个多小时，基本上每周会这样写个四五天。如果遇到加班特别忙，就早晨 5 点钟爬起来写一阵。

这个状态不是被迫的，一方面不想落下课，但更多的还是好奇心在驱使。我想每天都跟毛笔接触一会儿，每天都写一会儿。老师讲了那么多，我就很想去实践和体会，觉得用功是唯一的路，不练肯定不行。

宋小云
道桥工程师

听古典乐时写

收音机里有个节目，每天下午 1 到 3 点推古典音乐，就一边听一边写字。这是我的专属写字时间。

李 力
电影编剧

改着剧本时写

我喜欢《张迁碑》，写它的时候，我正待在杭州的剧组里，筹拍一部电影。每一天，我都先写一页《张迁碑》，再修改剧本，也把周边的公园风雨无阻地走了个遍。写一页大字、改一点剧本、走一点路，构成了我的杭州三部曲，一种生活在别处的简洁气息。

孙 璐
行政人员

收拾好自己后写

我是晚上写字，每天一到两个小时。我有一个利用时间的小秘密，一般是在一天忙活完之后，就立刻洗漱，之后敷上面膜，开始边泡脚边看书，15 分钟，三件事儿可以同时做。泡完脚，水一倒，面膜一揭，脸一洗，就点根香，开始写字。写完字，把毛笔洗干净挂到笔架上的那一刻，会觉得这一天画上了一个圆满的句号，特开心。我的书桌也是每天都要收拾干净、整齐。

金 力 维
文娱记者

以半小时为单位写

我有两个孩子，要分出很多精力给他们。每天我从睁眼开始，要一直忙到晚上 11 点多，时间被换尿不湿、喂奶、哄睡觉、陪写作业、陪玩玩具等事情

切得很碎。后来我想了个办法，以半个小时为单位来写字。以前时间多的时候，写字很任性，不管质量，先把数量刷起来。现在呢，就利用好每天间隙里的那一小段时间。比如老二要睡半个小时的觉，这个时间我就来练一个具体细微的东西，比如只反复摹写三个带宝盖头的字。这样反而让眼睛和手上的功夫更有精度，功夫长进了，效率也提高了不少。

冯 维 佳
编辑

在卡顿时写

有的时候，写不出东西了，我可能去洗个衣服，闻一闻喜欢的橘子天竺葵洗衣液的味道，或是下楼去转悠一下，然后就是写字了，用这件单纯的事情，让过热的脑子静一静，让那些纷扰的念头都暂时退去，起身时，可能就又是一条好汉了。

徐 影 柳
央企经理人

出差时写

出差期间反而是我写得最多的时候。

因为晚上的时间完全是自己的，一两周下来，写的字可以铺满酒店房间的床和地。

徐 洁
老师

收拾好家后写

这些年来我几乎都是起床后写字，比较规律。写字之前，我会把家里收拾干净，这也是常年以来养成的习惯，让一切都在井井有条中。

徐洁的家

龚宇红
工程设计师

一有空就写

通常是晚上吃完饭，写一个小时左右。总之有一个小时以上的较完整的时间就可以。有次我去琉璃厂买宣纸，发现一个卖纸的老板桌上放了很厚的一沓子小纸条，是他卖纸裁下来的废纸头。他拿那些纸条每天练字，我看上面金文、楷书、草书等各种书体都有，还有花鸟山石的习作，看上去很有功夫。他说一有空就写写画画，哎呦，太励志了！

♥ 也许和你有关

"人是会死的"，如果总是能想起这件事，我们大概会对时间更斤斤计较一点吧。时间就如同一个定量，像沙漏里的沙，随着日升月落渐渐漏去。但也不只有这一个角度，一去不回的光阴里，人是其中的变量。我们的状态和行为，影响着我们对于时间（生命）的体验，它的质地、状态甚至长短，都可以随着使用方式而有所不同。

清人朱锡绶说：习静觉日长，逐忙觉日短，读书觉日可惜。从这个角度看，关于时间的有效使用，我们是可以做一些有益的事的。

以下是关于看待和使用时间的一些参考建议。

● 先知道时间去了哪里

我们常常有一种哀叹，不知道时间去了哪里。就像彼得·德鲁克所说："如果要管理自己的时间，首先应该了解自己的时间实际上消耗在什么地方。"

可以鼓起勇气，用一个本子，以半个小时甚至15分钟为节点，记下这一天中，自己做了什么。看一看它们，我们应该就会知道，不是时间的问题，而是我们，用得不好。

● 时间的优先级：使用四象限法则

有没有时间去做一件事情，往往是取决于这件事对我们来说是否重要。你如果觉得它足够重要，再忙也都会为它奉上时间。但其中最重要的问题是，什么事情对我们来说是重要的？该如何安排和取舍？关于这点，可以参考艾森豪威尔法则，也称四象限法则。

它将事务分成了四个类型，确定它们优先级别，以此来划定我们分配时间和精力的优先级：

☆重要且紧急的：一些兼具时间紧迫性和影响重要性的事情，无法回避和拖延。比如突发的重大项目的谈判或会议、马上要交付的工作以及诸如救火、急症就医、生产等事件。

处理原则：马上做（但如果这一类事情太频繁，说明在时间和事务的管理上存在问题）。

☆重要但不紧急的：这些事不具备时间上的紧迫性，但无论是对于个人、公司乃至一种环境的建立和经营，都至关重要。它往往需要更长的时间去准备，比如培养自己的某种能力、建立好的人际关系、长期项目的进度跟进、读完一本书等等。这些事情所带来的影响和益处不是一种即时的体现，但经由长期的积累，我们会获得巨大的回报。

这一类事情还有一个作用，便是"防患于未然"。要知道许多的突发问题并不是出于偶然，而是前期的准备和经营没有做或做得不够充分，第一部分中那些"重要且紧急"的事情中就不乏这样的情况。

处理原则：做得慢一点、久一点，但要足够重视，并尽可能把时间花在这些事情上。可以为自己划定一个固定的时间，建立习惯，让它成为日常的必做事务。

☆不重要但紧急的：我们容易因为一件事情的紧急性而认为它是重要的，但诸如回复某些邮件和信息，完成某些协助和帮忙，参加可去可不去的活动，都容易因为它在时间上的迫切性，而令我们为其花费很多的时间，但实际上对于自己，它们并不那么必要。

处理原则：1. 不要过于关注这些事情，为它们设置清单，可以定时集中处理，或是分散到更为零散的时间中。2. 授权，让别人去做。总而言之，把这些时间省下来，给前两件事。

另有一个参考角度，如果一件对我们而言操作起来比较容易、所费时间也较短的事，关系到另一件事的开始和进程，那么则可以从全局的角度来考量。

☆不重要也不紧急的：没有紧迫性，也不重要，但最容易让人无法自拔，比如无目的刷手机、闲聊等等。作为一种调剂和休息，这些事情是有意义的，但要保持警惕，不要让它们成为你的时间杀手。

处理原则：尽量少做。

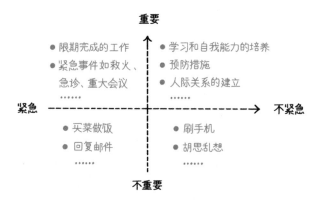

● 优化使用注意力：番茄工作法

不要预设一个理想化前提，即做好一件事，一定需要一整段的时间，并且不被打断。现今的生活里，这样的状态不太可能存在，就我们自身而言，也很难持续长时间保持专注。

对于此，前文中金力维的分享给了我们很好的启示——如果时间是散碎的，那么恰好可以利用这样的短暂，保持较高的专注，让事情更深入和有效。

由弗朗西斯科·西里洛创立的"番茄工作法"也是基于这个逻辑，是一种很有效的时间管理方法。它的核心工作之一，分有以下三步：

1. 在要做的事情中选择一项最重要的，作为当前的工作。

2. 以 25 分钟为时间节点进行倒计时，这一时间里，专注在这个事项中，不进行任何与其无关的事情。

3. 时间到达后，休息 5 分钟（要真的休息，比如喝水、小憩、走一走等等），然后再开启下一个 25 分钟，直到完成这一事项。

较长的工作时间容易让人懈怠和涣散，在 25 分钟这样的长度里，人比较容易保持注意力的集中，这会让事情变得更有效。并且面对一个需要较长时间的事项，把过程拆解成这样的"短途"，也会让人更容易开始而不至拖延。

如果你忙到连这 25 分钟的连续时间也没有，那么可以从 5 分钟、10 分钟开始，"小番茄工作法"同样值得使用。

● 一次做好一件事

平凡如我们，要相信全心全意的必要性。同时开启好几个窗口容易带来看上去很忙但事情完成质量较差的情况。而那些高效的人之所以高效，往往是因为心无旁骛地完成了这一件，于是可以心无旁骛地开始下一件。

禅宗里的"饥来吃饭困来眠"，说的就是要保持在当下的专注力，全心全意地觉察和投入，这样事情往往会有好的成效，我们也更容易经由这个投入的过程获得滋养和进步。

（人越是无法深度做好一件事，便越倾向于做很多不同的事来扩充"宽度"，所以要提醒自己，不要用开始一件新的事情来逃避上一件事情的难度。这会营造出类似情有可原的假象，但对于我们的能力长进和事情本身都毫无好处。）

● 重新定义你的"休息"

要知道休息不意味只是睡觉或什么也不干，切换项目也是一种很积极的休息方式。

比如对于伏案工作而言，去运动是一种休息——人在一种节奏里面待久了容易倦怠和低效，换一种状态可以带来新鲜和振奋。

可以先试起来，用两件不同事情的切换作为彼此的休息。适应之后，做事的效率会明显提升，更明快的节奏也会让人觉得充实和快乐。

● 练就快速转换频道的能力

从一件事切换到另一件事时，快速进入的能力很重要。就像频道的转换，从 1 台到 2 台，可以一瞬间完成，而不用花更多的时间才能就位。

如果在不同事情的转换上花去了过多时间，除了必要的休息和准备，常常是因为我们的心力不够强大，容易被影响和牵扯，于是无法快速落定。心力需要练习，可以从有意识地收束自己的心神开始——在做事时意识到自己的涣散，主动干预和调整。此外使用类似"静坐"的方法来进行增强心力的练习也是很好的选择（在第七章"安心"中，说到了静坐的一些原理和最基本的练习方式，可以参考 p170）。

重点是，不要期待短期的显著回报，把这件事作为长期投入目标，去一点一点地养成和积累。（在上文提到的四象限法则中，培养快速转换频道的能力是"重要但不紧急的"典型事例。）

● 规划自己的手机使用时间

手机给我们提供了方便，同时那些可看可不看的源源不断的信息，也分散着我们的注意力，耗费了大量的时间（查看一下屏幕使用时间就知道了）。为手机规划使用时间是永远值得做的事情。可以为那些娱乐、消遣性的阅读和观看划定一些专门的时间，至少不要让它们散落在我们的每时每刻中。如果习惯了不断被一些无关紧要的东西打断和吸引，意志力和专注力会变得薄弱，当需要重新回到事情中时，往往需要更多时间酝酿和找回节奏，并且也很容易再次被新的信息所吸引——相比在手机上花了太多的时间，这件事会带来更大的损失。（在上文提到的四象限法则中，无目的地浏览手机是"不重要也不紧急的"典型事例。）

推荐"forest 专注森林"App。可以在上面为自己设置不看手机的时间，倒数开始后，我们种下的种子便开始生长。如果这个过程里我们没有使用手机，种子会长成一棵树，继而慢慢，养出一片森林。

● **减少因已经浪费的时间而升起的懊恼和自责**

这本身就是一种浪费。

习静觉日长，逐忙觉日短，读书觉日可惜。

——《幽梦续影》

我们总是可以由一件事
想明白另一件事

学习书法最重要的意义，在于经由它，经由
专注自律的日课精进，在与古人跨越时空的
往来交流中，学到为人的修养、风骨和趣味。

学会欣赏万千笔墨，欣赏这世界里难得的抽
象之美。去到更为细微和更为远大的世界。
让自己更快乐。

突然想起一个事情，我觉得很抱歉……

泉 宇　*新药临床开发*

01. 您是做什么工作的？

我的工作是新药临床开发。

02. 您为什么学书法？

有一年，一位亲戚去别人家拜年，她在那儿看到了主人写的一幅字，旁边有一枝梅花。她觉得好看，拍下来发给了我，说，"好美啊"。我看到后觉得真的好美。

我没有受过中国传统文化相关的教育，做的事和传统文化也没有半点关系，但是看到那个画面的时候，就莫名其妙地觉得舒心，有点被治愈了，觉得很想要离这样的状态近一点。

03. 为什么用"治愈"这个词？

新药的临床开发是一个从临床试验到投放市场，为病人所应用的过程。这个工作带有很强的使命感，因为关乎生命，又需要考量市场，做出合适的商业策略。

我们的工作由繁复庞杂又精微细密的数据和流程构成，容不得半点差错。而我做的工作需要协调临床开发过程中的各个环节，涉及医学、临床、法规、统计学、市场等，也要阅读大量的科学文献。这个角色有点像个指挥：他不用拉小提琴，也不负责制作乐器，但需要把所有人组织起来，达到统一、和谐的音调。

团队分布在不同的地方，那时我一年平均的差旅在 20 万公里左右。一年 365

天，除了十一假期和春节，基本都在工作和出差。我 2010 年入行，到 2017 年，只是 30 岁出头，头发白了一半。

辛苦是一回事，那时候我还会时不时觉得很孤独。比如开了一天的会，精神高度集中之后，我们往往会就着外国人的习惯一起去酒吧喝酒、聊天。满满一天过去，十一二点钟，回到一个陌生的酒店中，房间很空，我那时坐下来，会觉得心里很空，甚至会觉得害怕。不知道为什么，觉得白天发生的事情好像和我无关。那种热闹后的落寞让我害怕一个人待着，就觉得要一直忙着、一直工作才踏实。

看我的工作计划，好像是过着一种精英的生活，但我觉得自己的心里什么都没有。有一种"幻觉"，好像我不在这个世界上。可能有点奇怪，但我就会想，我为什么会来这儿呢？觉得自己好像并不真实存在一样。

04. 您想过其中的原因吗？

一直找不到自己，可能和我从小就很少得到赞美和肯定有关。我会觉得发光发亮的都是别人，自己并不那么重要。工作了，也自认为自己想得清楚：要有工作业绩，要为公司做贡献，以及为自己挣工资。

公司每年都会从五六万个员工中评出一个最卓越的员工奖，有一年评给了我，要飞去美国开年会、领奖。那一次我没有去，觉得不踏实、不自在，虽然我也喜欢被认同、被赞美，但就会觉得害怕，觉得那个人，不是真实的自己。

05. 开始写字以后，有什么不同吗？

写字的时候，人是和自己在一起的。这件事情不为了挣钱，也没有外在的目标，一切都只在书写的那一刻中——心、手、纸、笔，通通待在一起。

你写下每一笔，每一笔又走向下一笔，我在主导着全过程，也一直待在这个过程里。什么也没想，什么也不想想，我就安安心心地在这儿，就好像为自己找好了位置，有一种众神归位的感觉。

之后高强度的工作还在继续着，飞行十几个小时去开会依旧是日常。但我渐渐不是先前那个忙到孤独的我了——开一整天的会，即便累得多一句话都不想说，回到酒店房间，我都会慢慢铺好一张纸，打开帖，蘸上墨，开始写字。如果第二天有重大会议，或负荷量很大的工作安排，也一定会动笔，调节一下自己的情绪和状态——那不是写得好与不好的问题，而是一种切换的通道。从被强大的孤独所笼罩到面对自己，可以安然独处，这件事对我来说，非常重要。

06. 所以这件事改变了你。

是的，很多。还比如临帖时的一个"双勾"工作，也会让人获得很多启发。那本来是老师布置的一个功课，就是在写一个字之前，不要急于下笔，先用一张纸覆盖在帖上，用笔围绕着字的轮廓先仔细勾描一遍。通过这个工作，可以看到很多之前看不到的细节，比如从这一笔到下一笔是如何过渡和形成的，笔画间的映带和连接会让人有更清晰的认知。（关于"双勾"，可参看 p071。）

由此可以更真切地体会到，我们写下的每一笔，都在生成和酝酿下一笔，其中有一种自然而然的流动，好像一种生命的发展和推进。老师说，这便是"势"。

我尝试着通过这个规律去看工作。那时我还在抱怨为什么自己总是接不到更好的项目，比如做一些更前沿的新药，那可以让人学到更多，收益也更多，但后来发现这其实是不需要想太多的事，只要把手上的"这一笔"写好，顺势而为，机会会在该来的时候来到。

在一个项目里，每一件枯燥而具体的事都是通往"下一笔"的积累。或者也像走路，每一步都在通往着下一步，你也很难要求，每一步都是迈近目的地的那一步。

07. 您最喜欢的碑帖或书家是哪一个？

对我来说，钟繇的《宣示表》是特别的。说实话，刚开始写的时候，我对它没有感觉，直到老师在课上讲了它的内容，才发现钟繇这个人真的厉害。《宣示表》是一篇奏文[①]，由三朝老臣钟繇写给魏文帝曹丕。背景是孙权杀了关羽，担心刘备报仇。当时魏、蜀、吴三家，但凡有两家结盟，另一家几乎是势必完蛋，于是孙权向曹魏称臣示好，曹丕就将他的求和信公示给了大臣们，征询建议。

读其中的内容，关于如何抉择是好的，钟繇有自己很明确的观点，但他没有因为自己的确信而直奔目的，也没有因为自己做过很多贡献、有过很多功勋而自傲或失去分寸。

"同国休戚，敢不自量。窃致愚虑，仍日达晨，坐以待旦，退思鄙浅"——在奏文里，他会先表达自己蒙受恩宠，衷心为国思虑的诚恳。

①   《宣示表》全文

　　尚书宣示孙权所求，诏令所报，所以博示。逮于卿佐，必冀良方出于阿是。含荐之言可择廊庙，况繇始以疏贱，得为前恩。横所盱睐，公私见异，爱同骨肉，殊遇厚宠，以至今日。再世荣名，同国休戚，敢不自量。窃致愚虑，仍日达晨，坐以待旦，退思鄙浅。圣意所弃，则又割意，不敢献闻。深念天下，今为已平，权之委质，外震神武。度其拳拳，无有二计。高尚自疏，况未见信。今推款诚，欲求见信，实怀不自信之心，亦宜待之以信，而当护其未自信也。

　　其所求者，不可不许，许之而反，不必可与，求之而不许，势必自绝，许而不与，其曲在己。里语曰："何以罚？与之夺；何以怒？许不与。"思省所示报权疏，曲折得宜，宜神圣之虑，非今臣下所能有增益。昔与文若奉事先帝，事有数者，有似于此。粗表二事，以为今者事势，尚当有所依违，愿君思省。若以在所虑可，不须复貌。节度唯君，恐不可采，故不自拜表。

"昔与文若奉事先帝，事有数者，有似于此。粗表二事，以为今者事势，尚当有所依违，愿君思省"——他有先帝如何处理类似情况的案例供参考，有理有据，很周全缜密。

"曲折得宜，宜神圣之虑"——也会在充分表达完建议后往后退，表示这些都是一己之见，是作为臣子应尽的职责，决断如何，是圣上的事，他很尊重。

读过这篇文章后，我曾经想起《聂隐娘》那部电影。其中有一段是道姑遣聂隐娘刺杀田季安，聂隐娘不忍，道姑说了一句"剑道无亲，不与圣人同忧"。意思是人要尽好自己的职责，但不应该超越现有的职能和能力去做判断。由此觉得钟繇很具备这种品质，他站在一个更高的层面中，看得到自己，也看得到他人，才不会陷入执着，也才有那样周全的表达。

《宣示表》试译

尚书公布了孙权的表章和圣上所拟答复的诏令，将这些广示众官，应该是希望就此事征求更好的方法。乡野之人的言谈，有时也可供庙堂参考采纳，况且我虽曾卑贱，但得蒙先皇恩典，无论公私，圣上都给予了我特别的优待，如同骨肉般爱护，厚待至今。我家两代为官，蒙受荣名，自身的忧乐与国家的命运紧密相连，因而我不自量自己的笨拙，私下为国家之事思虑忧心，通宵达旦，但又怕自己的这些想法浅陋，为圣上嫌弃，不太敢再进言。关于这件事，我想的是，现在天下已经平定，孙权的归附，震动了很多的将官，推测他的内心，并不是怀了二意。如果他上书自持高洁，言辞不恭，自然不可能见信于圣上，这一次言辞恳切，总是为了得到信任的缘故，也是他内心不自信的表现。所以我们也应当以诚相待，护全他的体面。

对于现在的人而言，这一点其实很难做到，就像我在刚了解《宣示表》的内容时，就有过一个闪念:他这样是不是有点太圆滑和做作，既然知道自己是对的，就应该勇往直前，想尽一千种办法去实现。

08. 所以您会这样去实现您认为对的事?

那是很好的帮助和促进，但我觉得一种心性上的变化是更本质的原因。

我会有这样的问题。那一天我写着《宣示表》，想起很久之前的一件事。

当时我们在进行着一个国际多中心的临床试验的项目。第二天与合作伙伴开会时的演示报告由不同的团队成员各自完成，然后汇集到我这里，我会站在策略的角度来进行统合。其中有一部分来自一位近70岁的澳大利亚的肿瘤专家

他所求的事，不可不答应。因为如果他反悔，我们必然不会给他。但所求落空，势必使他不再臣服、孤注一掷。而若是答应了又不信守，错就在我们，而俗话也说:"允诺了又夺回来会导致杀伐，允诺了又不实现会导致愤恨。"我体味圣上回答孙权的诏书，言辞婉转得当，这些圣明的思量，不是臣下所能修改的。当年我和荀彧共同侍奉先帝时，曾遇到过几件事，和今天的情况较为相似，我将其中的两件，粗略地写了一写。现今的形势，此事我们还可以再斟酌，请您思量。如果这些您都已经有所考虑，就不必回复我了，一切都以您的决断为要。因为我担心现在说的这些没什么价值，所以就不亲自参拜上表了。

David，平日里，我们的关系很好。那晚我收到他的报告后，将其中一个标准的范围参数进行了修改。David 会站在科学的角度，而我要看到的是除此之外的更多，比如企业、投资人等不同立场的参与方的接受程度，以及整体的考量。所以我会权衡，怎么样的表达是既不违背事实，又对这个项目更有利的。而那个改动，在我当时的立场里，是一个更好的选择。

我没有跟 David 商量，因为我觉得我是对的。（后来反省时，意识到那时在我的思路里，一件事往往只有一种方式，就是"我认为对的和我能够把控的方式"，每每我都会雄赳赳气昂昂地把事情都安排好。现在想来应该是能力和能量不足的表现，因此尤其想要去控制和决定所有。）

我还记得那一天，我在回办公室的路上接到了 David 的电话——一般他们打电话来，会提前询问对方是否方便，约定好时间后再通话，但那天他直接打来电话把我狠狠地批评了一顿。他说没有沟通理由就随便修改科学数据，是很不严谨的行为，随意修改他花了很长时间做出的内容，也很不礼貌。他说不会再跟我合作，用了很决绝的"never ever"这个表达。

我记得我本来是要走转门进办公室所在的大厦，然后又举着电话转了出来。那时我站在路边哭得发抖，不是委屈，是乱了方寸，我没有想到这件事对他造成这样大的冲击。

临写《宣示表》时，这件事已经过去了一年多，大度的 David 早已不再生我的气，我们回到了正常的相处中。但那时候我一边写着字，一边体会着钟繇的表达，突然一阵自责。直到那一刻，我才意识到了当时的逾越：我有我的职责，David 有他的。关于那个范围，我应该主动联络他，将情况沟通清楚，然后请他在他的专业立场上考量判断调整的可能——把决定权交给这件事原本的主人。

除此之外，还有一些情感被忽视和伤害了。那时我毫无同理心，没有对他的职能和付出怀有认知和尊敬。如果能体恤到对方临床工作的高压、熬夜工作的辛苦，还有对待科学的严谨，也不会那样自以为是和武断了。我也想到，我以自己的正确为由的强势和狭隘，应该不只发生在那一件事上。

事情过去一年多后，我给 David 发了两条信息。在第一条信息的开头，我说，"突然想起一个事情，我觉得很抱歉"。在第二条信息里，我说我要谢谢他给我打的那通电话，那让我意识到其实我可能给很多人都造成了伤害和困扰。

他发了好多可爱的表情回来，很轻松地表示这件事早就过去了。可能对于他来说，真的早已过去，但对于我而言，这是我要去跨过和解决的一件事，我想要给它画一个真正的对勾。

09. 再随便和我们说点儿什么吧。

有一年在普林斯顿开会，那里有个卡内基湖。秋天的湖边，层林尽染，黄昏时分，各种秋天的颜色之上，又镀了一层金光。

走着走着，看到路边长椅上有位拿着望远镜的老先生，他用望远镜抬头看一会儿树，休息一下继续再看。我很好奇，就主动打招呼，问他在看什么。

他说他是来看鸟的。不同季节会有不同的鸟飞过来。他在这里看鸟二十几年了，早先会带上纸笔，把看到的不同的鸟画下来，记录下羽毛颜色、嘴巴长短等等。他会回去查资料，比如哪种鸟和哪种鸟是同类，它们大概会分布在哪些地区，如果去那个地区旅行，就会格外注意有没有那种鸟，如果遇到从那个地区来的朋友，也会问问见没见过这种鸟。

卡内基湖畔

老先生说，岁数大了后，这几年就不画了，就只是静静地看着它们飞来再飞走。

现在我偶尔还会想起那个黄昏，想起那位老先生，内心柔软又轻盈。

书写时，不留神手腕沾到了纸上的墨

"像走路，每一步都在通往着下一步，你也很难要求，每一步都是迈近目的地的那一步。"

1.闲时写扇面做消遣　2.贴着贴纸的登机箱，上面有林曦老师所写的"晴耍雨宅"四字　3.喜欢的墨盒，盒盖上烧制出了一枚小小的太湖石　4.日常的作业　5."帖"不光是用来"读"的，是下笔前重要的准备工作

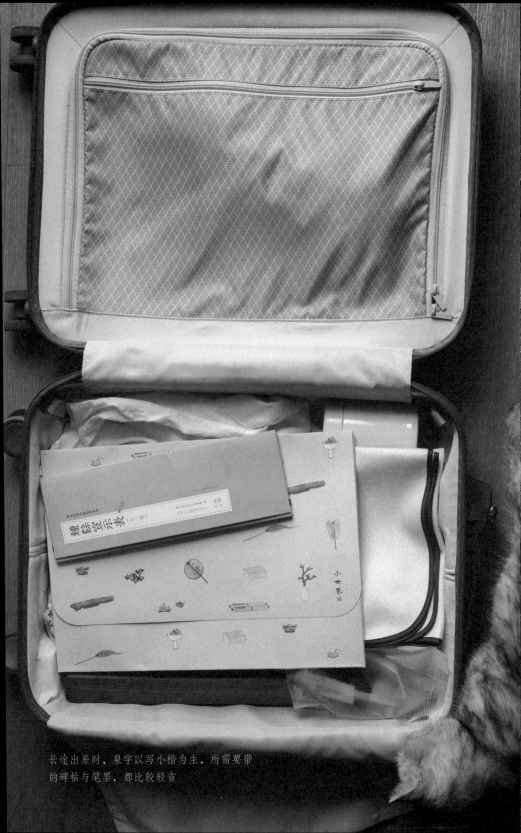

长途出差时，枭宇以写小楷为主，所需要带
的碑帖与笔墨，都比较轻省

她说，看得到自己，也看得
到他人，才不会陷入执着，
也才会有钟繇在《宣示表》
中那样妥帖的表达。

——《宣示表》局部
魏·钟繇

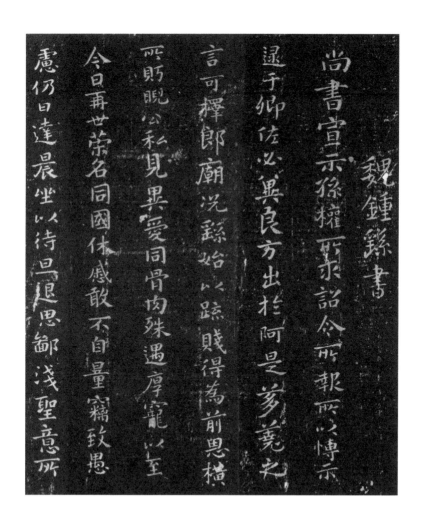

更多的相通

张默凡
环境智库研究员

摇摆舞

刚工作那时候，我非常渴望深入地去探索自己，于是去学了摇摆舞。我喜欢身体跟随音乐舞动时，那种身和心都同在一种韵律和节奏里的感觉。去年准备 swing solo 的考试的时候，我跳了一个叫 shimsham 的经典编舞，配乐是《Tain't What You Do》那首歌。歌词里说，你做的那件事情不是最重要的，你做事情的方法，或者说那个状态，那个姿势，才是最重要的。

这句歌词特别启发我。生活也像跳舞一样，为的不是那个 ending pose（结束动作），而是每一刻都应该是用心的，美就在那个 flow（流动）里面。写字也是一样，专注在一笔一画间的每一个此刻，获得的是一种流动中的美。

叶 峰
科研工作者

运动

写字也不完全是"安静"的，有的时候我写到很晚，还是停不下来，这种写爽了的感觉，不亚于在剧烈地跑步。甚至，你也可以把它当成一个运动，悬肘或是悬腕，都需要稳定性，要控制好肌肉的力量，再转化成手中的力度。

写大字更是需要体力和元气。每当那时我就会想起颜真卿，老的时候还可以悬空做引体向上，无怪乎字中有那样的力度和气魄。

龚宇红
电气设计师

形意拳

《多宝塔碑》这个帖，一开始我不是

太喜欢，觉得字形太"壮实"，很难掌握，刚开始写，也总是写得蠢胖又呆板。后来写着写着有了感觉，发现字体精神饱满，很有张力，那种引而不发的力量感总让人想到善刀而藏的侠客。

我在练习形意拳，对重心和虚实在移动中的不断变换是有体会的。拉拔提拧旋的发自丹田的整劲，才能形成力如拔山、动似脱兔的有力又轻盈的感觉，这和《多宝塔碑》的结字方法和笔势如出一辙，所以越写越爱。

李 新
NGO 工作人员

举重若轻的功夫
学《寒食帖》时，老师讲到了"夜半真有力"一句，说"真有力"这三个字，是关于命运难违和造化弄人的描述，照理说应该写得重，但《寒食帖》里，像这样的文字，苏轼处理起来，是很轻盈的。

虽然命运有力，但人有主观能动性，有自由意志所在，便有把握自己的途径，可以举重若轻。这也像唱歌，副歌高起来时，唱得特别铿锵有力是容易的，但在很轻的部分，也能唱得字字清楚、流畅，才是真的练家子。

胡 春 秀
法律从业者

开车
我写字一直都非常死板，缺少节奏，气息不好，也没什么章法。突然有一天，我感觉，写字和开车也是一样的——不能只盯着近处或眼前的一点，要同时看着眼前和远处的一大片地方，不仅是一个点，一条直线，更是一个整体的空间。只有这样，转弯打轮儿时才能掌握得恰到好处，什么路况都能开得行云流水，自然舒服不费力。这就像写字时也不能只盯着笔端下的这一笔，心中要装着整个字、整行字、整个篇章的布局。

汤 方 士
私营业主

种花
"负暄梧桐，做个学童，朝朝暮暮练功夫，不急不急，何必要急，一本一本读书，一字一字思索，时光如梭，有幸笔墨是小舟，任我自在游。"这

筆墨是小舟 戊戌二月 林曦

画作 _ 林曦

是暄桐校歌②中的一段歌词，我很喜欢。

做个谦卑的学童，对自然和未知的世界有所敬畏，不急不忙，朝夕勤勉。这些听起来"老一套"的做学问方法，运用到工作里是一样的。比如对我而言，就是脚踏实地先把花儿种明白。

以前我们做过着急的事。曾经买过成品苗，直接栽到地里，看上去马上就成风景了，但是大苗移栽的植物生长

② 　　　　　　　　　《笔墨是小舟》

《笔墨是小舟》是暄桐教室的校歌，由林曦作词，她手书了歌词留念，并写道："春暖以庄子虚舟喻作暄桐教室歌词，愿笔墨作舟渡学童孩童顽童三重境界，自法度规矩，向天真自由，志在以艺澄怀，进而观道，以期心手相应，知行合一，与教室同学共勉。"

歌词如下：
负暄梧桐，做个学童，朝朝暮暮练功夫
不急不急，何必要急
一本一本读书，一字一字思索
时光如梭，有幸笔墨是小舟
任我自在游

负暄梧桐，做个孩童，天真无忧爱生活
不急不急，何必要急
一茶一饭用心，一花一草喜乐
滋味如歌，有幸笔墨是小舟
任我自在游

负暄梧桐，做个顽童，游戏往来真从容
不急不急，何必要急
一程一程出发，一山一海升华
天地如画，有幸笔墨是小舟
任我自在游
任我自在遨游

不繁茂，中间会出现裸土，影响景观效果，这就是着急的模样。后来我们从种子开始，发芽后换盆，再移栽到地里，让花苗的根系有充分生长的时间，开出来的花就很大很好看，成本也大为降低。

去年春末，我们做了夏休决定，关起门来不迎客，好好种地。在全年最热的季节，知了叫个不停，大家忙个不停，衣服上都是盐渍。处暑后的一个礼拜，风有些凉意了，国庆七天，花海游客如织。一切看起来很平常，背后都是那些默默的耕耘。越发觉得，不急不急，心里不能着急，手上却不能停，做起来很重要。

记得有人问老师暄桐教室打算做多久。她说至少做个三五十年吧。这对我也是很有触动的。

我们这个时代被互联网大加速，大家一坐下来就是市盈率、PE值、金融杠杆、投资回报，三五年获利都嫌周期长。日本北海道有个富田农场，他们的彩虹花田是北海道旅游的标志景观之一。这么美的景观能够复制回来吗？我认为是有难度的。每一片土地的花田设计、引种、种植、管理、植株密度、土壤状况、病虫害防治等，都存在非常多的变量。摸清这些变量最少需要好几季的试验，一季往往就是半年。富田一家用了近半个世纪不停耕种试验，这个时间的投入就是最大的壁垒。

所以用 5 年、10 年这样的长度去考虑问题，制定发展策略，往往在战术上能得到很好的铺陈，也会有一些阶段性成果。这样的思路也可以作用到生活中，比如许多的烦心事都是当下难以回避的存在，但若把它们放在更长的时间范围里看，好像就没那么了不得了，我们也就容易从情绪中摆脱出来。

殷延芳
皮肤科医生

看病

从技法来讲，写字跟看病是一样的。形态学诊断需要用眼睛去看，拿不准的时候用手摸，还要了解病因。开完药教病人用，每个小药膏如何掺在一起，先敷后抹，都不能乱了顺序。

写字也是一样。落笔前的读帖，就是用眼睛去观察笔法，如何搭接、黑白空间关系等等。写过了再用红笔改，改了还是有问题，就要停笔再读帖，分析到底问题出在哪里：是对书家的字体不熟悉，还是练习得不够，或者压根儿就没看到精微之处的细节处理。

写字锻炼了我的观察能力，提高了眼睛的精度和手的准确度，这对工作又是一种反哺。另外帮助病人把病移除，治疗只是占三分，七分都是靠自己的状态来达到痊愈，遵医嘱很重要——写字也一样，老师教方法，练习靠自己。

吴 江
家庭主妇

读乐谱
《与小泽征尔共度的午后音乐时光》一书对我写字的帮助特别大。

分享一段触动我的话："文章就像音乐，也可以通过字词的组合、语句的组合、段落的组合、软硬与轻重的组合、均衡与不均衡的组合、标点符号的组合及语调的组合营造出节奏感……倘若文章有节奏，故事有节奏，接下来自然会文思泉涌。"

这难道不是老师一直在说的如何在书写时找节奏感，如何以形生力吗？读乐谱、读文章、读碑帖，原来是相通的呢。

璇 子
全职妈妈

画在镜子上的画
我们常会在浴室里，用手指在蒙了水雾的镜子上画画或写字，我发觉无论大人还是孩子，在那上面写的字、画的画，都特别灵动好看，但也很快就消失了。一想到一旦结果呈现在可以留存的纸上，我们似乎就会开始紧张，对它有执着、有期待，有时反而忘了真心是什么。

如果可以把毛笔当作手指，把纸张当作水蒸气，放下对结果的执着，放下那些期盼和一些评判标准，从内而外地松弛，让力量集中在最对的那个状态中，这样大约做什么，都会不错吧。

♥ 也许和你有关

● 你曾行走在清晨的凉意中

学者华生在研究印度数学家拉玛努扬留下的一些恒等式时，说其间的感觉"令人惊心动魄"。

他举了一个例子：

$$\int_0^\infty e{-3\pi x^2}\,\frac{\sinh \pi x}{\sinh 3\pi x}\,ax = \frac{1}{e^{2x/3}\sqrt{3}}\sum_{n=0}^\infty e{-2n(n+1)\pi}$$

$$\times (1+e{-\pi}){-2} \times (1+e{-3\pi}){-2}\cdots(1+e{-(2n+1)\pi}){-2}$$

他说如上公式给他的心灵所带来的震颤，就好像走进美第奇教堂的圣器室，见到米开朗琪罗的名作《昼》《夜》《晨》《暮》时所引起的震颤一样。他说这两种感受，无法区分。

万物殊异又相通。细胞与宇宙有着相似的构成模式，物质中的悬浮微粒所做的永不停息的布朗运动的基本概念，也可以用于解释星群的运动——就像那一句禅诗，"千江有水千江月"，月亮被映照到不同的江河湖海中，水的形貌、环境的不同，让其中的月亮也不同了，但它们的源头，始终是同一个。

因而在不同的事物和维度间，彼此可以迥异如拉玛努扬的恒等式和米开朗基罗的雕塑，但也可以在华生的感受中同频。

关于这通会，一则在于一种发乎天然的纯然本性。就像《诗经》中那样多的质朴天真的比兴，也如明人洪应明在《菜根谭》中所记述的："鸟语虫声，总是传心之诀；花英草色，无非见道之文。学者要天机清澈，胸次玲珑，触物皆有会心处。"

一则在于我们有过的种种的体验。就如华生之所以想起《昼》《夜》《晨》《暮》，是因为他曾在那儿，有过那样的震颤。而他也看懂了那一组等式，因而将它们进行了连接，可以由此及彼。

类似的融通俯拾即是。比如宋时有一款著名的合香叫"返魂梅"。公元 1103 年冬日，爱香人黄庭坚在夜里欣赏墨梅画作时，感叹此时只欠相应的花香。友人惠洪取出香丸焚于炉中。得闻之，黄先生说，这样的味道如"嫩寒清晓，行孤山篱落间"。

他还曾在闻到"深静香"时，想起友人欧阳元老，这位友人亲山水，性恬淡，他觉得这香气恬淡寂寞，闻它时"如见其人"。还例如明人董若雨，曾说蒸紫苏的香气如老人在檐下晒背，蒸蔷薇则如读秦观的词，艳而温柔。

其中的比拟宽阔无羁，指向着生活的每一处。之所以如此，是因为他们曾行走在清早的凉意和孤山篱落间，体会和欣赏过某一人的寂寞恬淡，曾在檐下晒背，读秦观的词，都是生活中最真实的种种体验和触及。就如以上那些写字的人的分享，我们也自当由钟繇而自己，由《多宝塔》而形意拳，由乐谱而碑帖，由写字的谋篇布局到开车的行云流水。

除了这样的连通本身，它也富有实用的意义，我们亦可将这一处的启发和所得，迁延到那一处里，由此及彼，举一反三。

如果真如柏拉图所以为，所有的学习都是回忆，有一些东西早已存在于我们的生命中，那此时我们要做的，便是去多多地体验和学习吧。

以上是这一部分中，最想要和你分享的——让那些原本就存在的，被触发和生长，让更多的领域和体验，进入我们的经验。由此在这一段生命里丰富着，拥有着破壁和通明的快乐，为自己扩容，以及在不经意时，被震颤和感动。

单要写一句诗，我们得要观察过许多城许多人许多物，得要认识走兽，得要感到鸟儿怎样飞翔和知道小花清晨舒展的姿势。得要能够回忆许多远路和僻境，意外的邂逅，眼光望它接近的分离，神秘还未启明的童年，和容易生气的父母，当他给你一件礼物而你不明白的时候（因为那原是为别人设的欢喜），和离奇变幻的小孩子的病，和在一间静穆而紧闭的房里度过的日子，海滨的清晨和海的自身，和那与星斗齐飞的高声呼号的夜间的旅行——而单是这些犹未足，还要享受过许多夜不同的狂欢，听过妇人产时的呻吟，和坠地便瞑目的婴儿轻微的哭声，还要曾经坐在临终人的床头和死者的身边，在那打开的、外边的声音一阵阵拥进来的房里。

——《柏列格的随笔》

每当我想起围棋……这个以扩建领土为目的的游戏，真的是很美妙的。在那里应该有战争的阶段，但是它们只是为实现最终目标，让它们的领土生存的方式。围棋游戏最成功的一点在于，它证明了为了取得胜利，必须生存，同时也必须让对方生存。过于贪心的人终归会失去对手：这是一个平衡的微妙游戏，一方面得到利益，另一方面却不要打垮对方。归根结底，生与死只是构建得好与坏的结果。正如谷口笔下的一个人物所说的：汝生，汝死，皆是果。这是围棋的格言，也是人生的格言。

——《刺猬的优雅》

安心

哪有一颗固有的安定的心呢，
又何曾有一颗一直不安的心？

就像《金刚经》里所说，"因无所住，而生
其心"，我们的心并没有一个固定的属性，念
念不住，它是无数时刻的连续。所以不要将
心困在某一个点上，而在对结果的放松和对
过程的投入里，它会是安宁和快乐的。

那一刻，只觉得万事万物一切安好，我们在
其中，是恰恰好的那一个。

鸟不来我也安心，松鼠将果子吃光我也安心

志 群　家庭主妇

01. 您是做什么工作的?

我是做会计的，管一个公司的财务，几十年来都在这一个行当里，现在辞职不上班了，做着全职的家庭主妇。

02. 您为什么学写字?

那时我到了可以有一些自己的时间的阶段，就想着学点什么，不想去那种为了认识人的工商管理学院，但一开始也没有想过要学写字，后来在微博上关注了林曦老师，看她平时画的画，还有她的学生的字和画，慢慢就很感兴趣了。

比如老师下楼去锻炼，看到一朵花，觉得很可爱，回来就画出来，那个自然的饶有兴致的过程非常让人喜欢。后来就跟她学写字了。

03. 写起来后，感觉是怎样的?

关于写字，我没有特别多细节上的记忆。感觉大家的进步都差不多，或者说我压根儿就不把自己和写得特别好的人比。到现在我写得还是不怎么样，但反正老师怎么教，我就怎么写，一直学下去、一直写下去就好了。有一帮同学，隔周就见面，一起学习，感情越来越好，在那个状态里，我觉得挺舒服的。

有一年回北京，同学早上带我去吃姚记炒肝。那天响晴，天特别蓝，我们坐上了124电车，车过了安定门，一路就特别好看。蓝天里枝桠映在墙上的光影，很北京。同学发现这车到广济寺，说要不去广济寺吧，结果到鼓楼过姚记也没下车。哪知从北海开始交通管制，车过不去了。于是我们跳下车进了北海，逛

到白塔后头那个院子，乾隆存三希堂碑帖刻石的地方。我们特高兴地把写过的帖认了一遍，特满足地出来了。

04. 所以您不会为自己写得不好而焦虑。

写得不好一直不会给我带来压力。我明年 50 岁，从年纪上看来，我在人生的下半程了，所以心态和年轻人可能是不一样的。但这也不是倚老卖老，我希望自己的状态是保持着好奇心，可以一直学习，在对的方向上，和善的知识在一起，知道自己在进步着。至于走到哪里，学习的结果是如何，其实是不太在意的。

记得老师讲《颜氏家训》时，其中有一段是这样说的："幼而学者，如日出之光，老而学者，如秉烛夜行，犹贤乎瞑目而无见者也。"林老师补了一句，说就算秉烛夜游，也能照见一树海棠。我觉得这很美，也让人安心。

05. 您写字感觉最好时是怎样的？

一次和家人坐邮轮旅行，我对船上那些游戏类的活动不太感兴趣，所以除了上岸的时间，还有吃饭睡觉，我基本上都在写字。坐在船舱里的小桌前，写了差不多两遍《孔子庙堂碑》。

平常可能还要张罗一日三餐和各种家务，但在船上就没有事情来打断。小孩、老人们自己玩着，我一直写着，抬眼望一下，外头是特别蓝的海。就觉得人生好像没有目的，也没有意义，也不在意这船要开到哪里去，下一个目的地是哪里。那个时候，只有书写的状态是有意义的，我以写字的方式来跟着船走，随着波浪起起伏伏，很舒服，很自在。

06. 分享一个您喜欢的碑帖吧。

前些天窗外下着大雪，火上煲着羊肉汤。我在写《集字圣教序》，刚好写出了（我这个段位中的）神怡务闲、心手双畅[①]的状态。写完几大张后，起身炒一盘我自己用烤箱做的腊肉炒芹菜。字也是我喜欢的，菜也是我喜欢的。《圣教序》中说，"四时无形，潜寒暑以化物"，我想写字便是潜入我的寒暑、润化着我的那个东西。

07. 除了写字，生活中还有什么事让您快乐呢？

我不太擅长和人打交道，我喜欢自然。住在北京的时候，我会一个人去逛公园。比如海棠花开的时候，我就去元大都公园，一个人晃悠。在那儿会看到很多老太太，结着伴，她们特别自在，我也特别自在。还比如我刚好去西直门办事，回来就一个人往动物园里溜达一圈，特别高兴。

现在我在多伦多生活，喜欢去山里看花儿和动物，不过现在光后院的花儿和小鸟就足够我忙活的了。

08. 可以讲一讲您的后院吗？

北美有蜂鸟，我在墨西哥、古巴都看见过，但在多伦多地区就没有见过。去年8月底，我在花鸟市场看到那种专门喂食蜂鸟的喂鸟器，于是就买了一个挂在后院，看蜂鸟会不会来。

然后有一天就看到它了。那是一只雌性的红喉蜂鸟，悬浮在那儿吸食喂鸟器里的蜂蜜水。之后，基本上每天早晚我都能看见它。到夏天过完，它就飞走了，飞去南方的墨西哥。

我查了一下蜂鸟喜欢什么样的花，它们喜欢红色的、长蕊的那些，所以今年春

---

① **神怡务闲、心手双畅**

出自唐代书法家孙过庭的《书谱》，前者是描述书写时的一种好的状态，此外他还列举了四种，统称为"五合"："神怡务闲，一合也；感惠徇知，二合也；时和气润，三合也；纸墨相发，四合也；偶然欲书，五合也。"

后者则是描述钟繇、王羲之等大家书写时技艺和智慧兼备、心手合一的境界："信可谓智巧兼优，心手双畅，翰不虚动，下必有由"的可能，都会在这个基础上生出。

天我就种了好几种红花。有雄黄兰、一种开红花的鼠尾草，还有醉鱼草、马薄荷。其间我做梦梦见它来了，我还在想，外面还在下雪，你怎么就过来了？

蜂鸟通常会在5月的时候来这里，但我也没有特意去守候，所以一直不知道它到底有没有来。到了7月，一天傍晚突然在院子里看到了它，就特别高兴。还是一只雌性的红喉蜂鸟，我觉得和去年夏天来的是同一只。

有一天早上，我在给一个植物绑支架，旁边是正开着的火红色的雄黄兰，一回头，它就在那儿，悬浮着喝蜜。我微微侧过身子，我的手离它的身体也就10厘米。它的羽毛是绿色的，像鳞片一样，在太阳底下，闪闪发光。因为它要悬浮，翅膀在飞速地振动，我的手背能感受到它振起的空气，就感觉那是一个神迹。

听说蜂鸟能记住300多个采食的地点，对它来说，春天夏天可以去的地方太多了。我特别感谢它能记住这个地方，能找到这里来。我为它种了花，它享受到了，这个过程，我觉得很感动。

09. 关于您的生活，还想知道更多。

其实我的日常是比较单调的。家里有小孩，有狗，有爱人，要做三餐饭，有很多家务活儿，还要打理种的菜和花。疫情的缘故，今年没怎么出门，会多一些时间打理园子。花季结束时我数了一下，从4月初最先开放的雪滴花、番红花和铁筷子算起，到11月最后一朵飞燕草结束，从贴地的小球根到几十米的枫树，有180多个品种，花儿们拢共开了7个半月。

但今年种的菜非常不成功，因为松鼠是破坏狂。去年我收了100多个西红柿，但今年的，长到稍微有一点点红的时候，就都给它抱走了。它不见得吃，就咬下来玩，有时候啃几口就扔了。今年的玉兰花也是一朵都没有开，因为它们的花苞像果实，一夜之间，就被松鼠全部咬掉，扔在了地上。

上个星期，我在窗户里，看见它在草地上咬一只七月树的果子，那果子比它的头大，它把果子整个咬在嘴里，一跳一跳，跳到了我家大门口。我就听到了轻轻的敲门声，就出去打开门看，看到那个七月树的果实就躺在门口的角落里。家人说，也许是人家要赔你一个果子。我觉得它还是贪玩，一扔，自己又找不到，就算了。

但是这个过程，不管它是什么目的，都足以让我原谅它。

10. 为什么？

因为这和写字是一类事，在这个过程中，我就非常享受了。鸟不来，我也挺享受的，松鼠把果子吃光了，我也挺享受的。

11. 听起来您过着一种"不问世事"的生活。

我的确不是那种勇猛精进的人，现在又不上班了，比较放任自己的性情。那次有一个朋友说起来，大概意思就是说我有点"不知人间疾苦"。

但生活中怎么会没有特别抓狂的时候、特别穷的时候、特别焦虑的时候呢？家庭内部的关系也好，工作上的压力也好，那些必须硬着头皮去扛的事情也好，肯定都有。只是那一段，在我的人生阶段里已经过去了。那个朋友说"不知人间疾苦"，怎么可能不知道，只是我没有用很激烈的方式去对待。那些一地鸡毛的仓皇和困苦，隔了时间和空间，细节确实就模糊了，或者说不重要了。

12. 那么在这个阶段中，您有什么新的挑战需要面对吗？

我这个年纪里，身边已经有同龄人在离开。上一次和你通话的时候，有一条微信进来，我挂断电话后看，是我人生中一位非常重要的朋友发来的。3 年前，他因为癌症进行过化疗。在那条信息中，他说最近身体有些轻微的不适。而那个时候，我正轻飘地跟你说着自己已经想不起来有什么焦虑。我很怕这是以别人的不好给我浅薄的生活的一点教训，那晚上一晚没睡着。

今年 6 月的时候，好朋友的先生因病去世了，但那时因为疫情和相隔太远，我连去紧紧抱她一下的可能都没有。后来给她寄了一个朱顶红的大球根和一包土。从一个大葱头里长出叶子再开出脸那么大的花来的过程，我相信可以给人安慰。

记得我儿子读高中时，他一个人在加拿大上学，有一次和同学去外地比赛，坐的小飞机遭遇严重气流，人都被颠起来了。过后他打电话回来，我发现我也解决不了这些问题。很多事情都是我无法触及、无能为力的。我也会慌。

我去求教林老师。她说我们对死亡的恐惧、对无常的认识一直都在，只是在接近的那一刻才会特别清晰，所以要试着去假想和感受，在那一刻你有没有遗憾和后悔，以及感受这些遗憾和后悔在当下的意义和可能。她说活着是有意义和目标的，去尽心努力地实现，并且要相信自己福德具足，只要走在这条路上，就没那么容易"挂掉"。她回答的时候，没有思考的时间，也特别清晰。

"无常"是我今后必然要越来越多面对的问题。老师的解释，还有这么多年的习字，帮我渐渐松掉了"安全感"这个捆绑。这个月读完了阿西莫夫的《银河帝国》系列。小说里，人类已遍布银河，地球荒芜并已经变成上古传说，太空族寿命有几百岁。但长寿带来的不仅是快乐，还有保守、疏离、厌倦以及和"短命地球人"一样摆脱不了的内心困境。

小说里，一位地球人临终前说，几万年来的人类历史就好似一幅越来越宽广的灿烂的织锦，人人都是织锦上的一条丝线，每一个人都会对人类整体做贡献。读到这里马上想起了当年学写《兰亭序》时，老师在课上说，写它时态度要认真投入才好，因为我们正在写着的每一笔，都组成了《兰亭序》的历史，是一样的澎湃浩瀚。就，慢慢像一粒尘埃一样坦然吧。但不是完全躺平的消极。

13. 再随便和我们说点什么吧。

最近看了一部英剧《万物既伟大又渺小》，多年前读过这本同名小说，讲英国乡下的兽医生活，书和剧都特别好看。很多时候，比如当一只长着漂亮大角的马鹿从我眼前走过，走到雪地里去啃苔藓，或者一只啄木鸟飞到我手上来吃瓜子，或者一年中 10 个月都看不到绵枣儿的踪迹，但年年 4 月初，它们会迅速冒出地面，发芽长叶，顶着雪开出一丛蓝色小花，或者写到《赤壁赋》"惟江上之清风，与山间之明月，耳得之而为声，目遇之而成色，取之无禁，用之不竭，是造物者之无尽藏也"，都让我常常想起这个名字：万物既伟大又渺小。

"四时无形，潜寒暑以化物。"

1.志群临倪瓒的《紫芝山房图》与《容膝斋图》，她说倪瓒的笔触和画面看上去都简淡，离世界很远的样子。《容膝斋图》中有一座小小的亭子，融在山水里，看着好像孤单。坐在亭子里的人，又好似可以自己待一整天，心里容着山水树木，安静又充盈。"曾在云南建水一栋老建筑的墙壁上看到相似笔触的水墨笔画，上题'临云林笔意'，就很想和这位元代的画师隔空握握手。我想，好的书画也非常包容，这样几百年间的好多好多人，仿作也好，像我这样效颦也好，都能从云林先生的画里品尝到一些滋味。" 2.志群生活的地方冬天漫长，会下很多场雪，从餐厅窗户望出去，斜对面社区教堂的红砖房子，与落光了树叶的黑色枝干，在雪里很好看

1	4	5
2	3	6

1. "2019年最后一天清晨，落基山里，两只马鹿正在过马路" 2. "糯米泡软，烟笋发软，与猪肉丁、香菇、木耳、胡萝卜丁一起，加调料炒匀，再上锅蒸熟，包烧卖。除了糯米、猪肉，湖南的烧卖里一定会有烟笋丁，要多多放胡椒" 3. "会自播的高山勿忘我，在角角落落里开得到处都是，圆圆的小蓝花，与每一种植物搭配都好看。这是它的小花开在荷包牡丹下，小蓝花和金叶子闪着光" 4. "亚伯拉罕湖上的天空，这个湖地处几座山之间的空旷平地，风非常大，冰面保持着波浪的样子，那时四野无人，太阳快落山了，大风夹着干雪粉将视野吹得模糊" 5. "冬天天晴时，下午有半小时太阳角度正好，阳光可以斜射在书桌后面的墙上" 6. "红喉蜂鸟正在吸食雄黄兰。每次来的都是这只雌鸟。好想请它的先生一起来"

初冬第一场大雪，她遇到一位年轻父亲。他将车停在路边，用滑板拖着两个小娃娃，走了一公里，到公园深处森林的斜坡上一趟一趟滑雪。她觉得沉默严肃的大树与欢笑的小娃娃，很和谐

她曾在写这个帖时，

感觉到一种心满意足。

——《集字圣教序》局部
东晋·王羲之

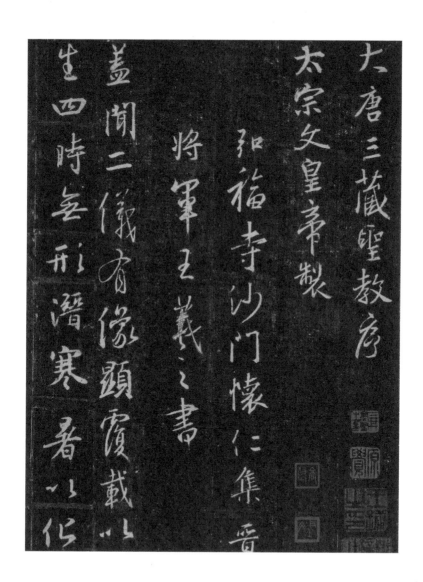

志群在后院放了鸟食和小水池，鸟和松鼠、花栗鼠天天去玩儿。偶尔浣熊
来翻吃的，臭鼬袭击过狗，也会有狐狸跑过。这是其中一位来客

更多的安放

赵 赵
儿童托管业从业者

阳光下，灰尘全都落下来

单从写字来说，它就是每一天的繁杂
生活里面的一个停顿。就像我们在太
阳底下抖一件衣服，灰尘全起来了，
那个停顿就像是这些灰尘全都落下来
的感觉，很安静。

璇 子
全职妈妈

香

我喜欢在写字的时候点香，被香的气
味围绕，有一种安全感。早上会用精
油，或是一些清爽的香，晚上点一些
沉一点的，比如老白檀、夏威夷檀香、
海南沉香等等。如果香里有苍术、肉
桂、银花这类中药材，也是很喜欢的。
写字，闻香，是全职妈妈给自己的片
刻安宁。

桃 子
书籍设计师

和玩乐高一样

经常，周末我写字时，孩子在旁边专
心玩他的。我们偶尔抬头对个话。有
一天，他突然一只手捧着脑袋撑在写
字桌上问：妈妈你为什么喜欢写字
呢？我随口回答他：就像你玩乐高一
样觉得好玩儿呀。

是呀，写字和玩游戏一样，都有专
注的投入和过关的成就感。在内心
深处，我想我写字最重要的原因，
大概就是和自己全然待在一起的那
份踏实感吧。

宋小云
道桥工程师

心平如镜

无论走到哪儿，我的写字作业，总是

要随身带着的。我记得在南极过德雷克海峡的时候，海浪很汹涌，船摇晃得厉害。等过了海峡，海面恢复平静，眼前出现美丽的冰川，瞬时心平如镜了。大家回到餐厅里，喝酒啊，聊天啊，我就在船舱拿出纸笔写《阴符经》。快要下船了，我们领队说，你还在这儿写字呢。

南极的平静海面

一 然
公司职员

不思虑
有一次周六没事，家里也没人，中午吃完饭，睡个午觉起来就开始写字。一直写到晚上。

写的是赵孟頫的《洛神赋》。平时可能还会想看看手机，干点别的，那天进入状态以后，手机就放在旁边，但我根本不想看。饿了就起来弄点东西吃，渴了就起来倒杯水喝，中间可能活动活动，然后再坐下来接着写。

越写到后面，越觉得好像不是自己在写，大脑处于一种完全放空的状态，没有任何思虑。你能听到外界的声音，但是就那么过去了。能够意识到周围在发生的一些事情，隔壁在做饭，楼上孩子在哭闹，楼下汽车在鸣笛，但都不会在心里留下痕迹。最后写完，就发了一会儿呆，一看表说怎么都已经那么晚了，外面天已经完全黑了。

蔡 蔡
广告监制

她在自己的世界里玩得可开心了
我姥姥是画水墨画的，她常常在吃饭的圆桌上摊开宣纸画画，给我们画小鸡、小螃蟹什么的，还教我们写大字。

姥姥给我的印象就是特别安静，一句话都不多说，每次看到她，她都是在那儿画画。现在想起来，明白姥姥在自己的世界里玩得可开心了。

赫尔雅
导演

不舍
早上醒来后写字是最平静舒服的。

我把房间刷成了白色，是"像水洗一样的家"。醒来时第一眼看到楼下白色的空间洒满阳光，清透明亮的感觉特别舒服。趁光线很好的时候，我就在那儿写字。用毛笔写字，是实实在在将笔毛在心尖尖儿上扫过的感觉，如果不是万不得已，会不舍得放下。

冯维佳
编辑

你随意吧
偶尔在写字的时候，鹦鹉会飞到肩膀上来。它待得久一些，就会把屎落在我的身上。平常会警惕着，但那时候，就只是写着，不挂念，不紧张，觉得随意就好，后面的事，后面再说。

王婧
主持人、老师

作为小王子
写字的时候，会觉得特别地安静。就是小王子站在自己的 B612 小星球上的感觉。

海鸥
家庭主妇

我们各自安适
2019 年 8 月 10 日，在涠洲岛，中午我哄晚晚睡着后，写小楷《灵飞经》。写完一个字条后抬头看她，睡得很熟，觉得这个时刻中，我们各自都安静适意着，拍下了一张照片留念。

睡熟的晚晚和我的笔墨

♥ 也许和你有关

● 安心是一种重要的能力

公元 1104 年，黄庭坚住在广西宜州，北宋时，那里是一个边远瘴疬的所在。

那是黄庭坚的第二次被贬，距上一次不到 3 年。半年后，他又被逐出城关，搬到条件更为不济的子城居住。

他为自己居住的地方起了一个名字，叫"喧寂斋"。在他的记录中，那个处所"上雨旁风，无有盖障，市声喧愦"。

黄庭坚是一位真正的文人，清雅讲究。他精于诗书笔墨，也善于制香，在前一部分中也曾提到他的一件小事：在舟船中赏看友人的墨梅画时，希望有相应的香味的伴随。因而有人觉得他此时应该是不堪其扰、忧困交加的。但他却说并没有什么忧愁，自己的祖上本是躬耕的农人，这时就好像回到了田中的故乡。

在那间与屠牛地相邻的陋室里，他铺好卧榻，点上香，用一支三文钱买来的鸡毛笔，为友人书写文章。他也在一篇短文中记录了这一情形，应该也是想记录下此时的境况，和得以安坐的心情。

事实上，人生处处都有不可为。这一生中，我们真正能把控的东西并不多，总有更强大的力量，将人推到一些并不期待也从无经验的状况中。就像彼时黄庭坚被诬诽而获罪，此时的我们也一路经历着大如生老病死，日常如人际、职场，细微如内在情绪的各种问题。

当时的人曾这样评说黄庭坚："山谷老人谪居戎僰，而家书周谆，无一点悲忧愤嫉之气，视祸福宠辱如浮云去来，何系欣戚。"

福与宠都好说。诸如祸与辱呢？即便它们的确是必有的际遇，那是什么能让人将它们看作来去的浮云，不忧也不惧？

唯有安定的心吧。当它富有力量，不会轻易被牵引和控制，或因外界的起伏变动而慌乱惶然时，那些不可为中，也便有了可为之处了。

那是人在不同的境况中所拥有的一份主动。于是客观世界和际遇便并不能完全左右我们的生活感受和质量。

就像在那一间上雨旁风、市声喧愦的喧寂斋中的坐定，于是喧扰和困窘中，也是有寂静和清凉的。

● 两种练习方案：技艺和静坐

有一件重要的事："安心"不是一种状态，而是一种力量。

它不会凭空就起，就像一些遇事时真正从容泰然的人，往往是因为经过的事情够大也够多，那是一种历练之后的得来。

明白此时应该安定，和真的可以安定，是两件事情。知与行之间，有一段练习的距离。关于心力的长养，除了随着阅历而渐进，还有一些方法，很适合在日常中做起来。

比如"**不为了报酬和功利性目的，去学习和投入一门技艺**"，借由这个过程，获得一种高度的投入和专注，以此建立内心的凝聚力和稳定性。

"你的心像冰一样晶莹剔透，一切都处在最佳、最合理的位置上，所有念头都相互支持、相互关联，齐心协力、步调一致地往同一个方向前进。这是一个混乱程度最低，秩序最高的心理状态"。在心理学家米哈里·契克森米哈赖的《心流》②一书中，他这样描述这种人事无间的感受。而从"禅定"到"临在"到"心流"，不同的智慧体系都在强调类似状态的必要和重要。

它们大都通过一个行为、一件事情来练习和达成。那是一种暂时的屏蔽，让心有附着和落定的地方，因

---

② 　　《心流》

　　推荐《心流》这本书给你，一本帮助人们提升自己幸福感和效率的行动指南。来自心理理论之父、积极心理学奠基人米哈里·契克森米哈赖。他在大量案例研究基础上开创性地提出了"心流"的概念。在这本书里，他系统地阐述了这一理论，并且从日常生活、休闲娱乐、工作、人际关系等各方面，都给出了实现"心流"状态的相关案例和建议。

为专注凝聚，便可以不随着外界而波动起伏，也不被自己的各种念头和情绪所牵引。在事情完成之后，人会有一种充满能量也非常满足的感受。并且，那个投入的过程，本身就会让人感到着迷和幸福。

但要清楚的是，这不是为了让人免于面对的逃离，而是为了让人可以更好地回到"人间"。随着这样的力量在练习中的增强，它便可以在生活的其他时刻里发挥作用，让人更有精神和力气去处理和体验各种境遇和状况。

一个生动的案例，便是庄子所讲的那位解牛高手的状态。他在完全投入地完成了自己的工作后，"提刀而立，为之四顾，为之踌躇满志"。此前的那一场专注的天人合一般的分解，很像他的一场饱足休眠，令他元气饱满，有一种大梦初醒般的茫然和新鲜。

还有一点也很需要明确：这个方法不是简单地将自己置于事中，如果是那样，我们已经有太多的事情需要应对了。真正会发挥作用的，是那个不问目的并且为之投入的状态。

所以在为自己选择那门技艺或那件事情时，可以有三个标准：

1. 它是可持续的，可以陪伴人较长的时间，而不会让人觉得乏味。（以书法为例，它不是简单的"写字"，而是一种积淀足够深厚的平台式的存在。从汉字的艺术性到书家个人的性情和生平，从文人审美传统到时代的变迁发展，从技艺进阶的乐趣到欣赏知音的乐趣，都可以在其中找到线索和深入的途径。）

2. 它要有一定的难度，这样会让人更加认真和沉浸。

3. 它需要是一种爱好似的存在，而不是为了报酬和一些来自于外界的目标（尽管有的时候，这些是会自然发生的事），让人可以更加纯然地面对。

比如写字便是一个很好的选择，但也只有写起来才了解，那样软的笔毛，那么精准的点画、细致如毫尖的每一处出入，会需要多么地心无旁骛、抛却杂念，才可以抵达。

但如果对你而言，写字不是那个最适宜的选择，也一时还无法进行其他，那么可以试一试**静坐**，古往今来，无论东方还是西方，都认同这种很好的练习心的定力的共法。

静坐很容易开始。最初的时候，只是需要找一个安静的地方坐下来，闭上眼睛，把注意力放到自己的呼吸上。

这看起来没有任何厉害之处，但可以现在就试一试：闭上眼睛，把注意力放在自己的10次（5次也可以）呼吸上，而不被一切思绪带走。你会发现这并不容易，也会由此看到，仅仅是自己的脑子里，已经有多少念头和情绪在翻涌和制约着我们。

静坐可以从每天15分钟开始。如果觉得有些困难，5分钟也可以，尽量坚持下去。要记得那不是一个会马上起效的"神功"，而是和所有功夫一样，需要持之以恒的渐进，就像我们去健身，力量和肌肉也是在日复一日的练习中慢慢增长的。

一种简单的静坐方法参考：
1. 用一个舒服的姿势坐下。

2. 放松，双眼轻闭。

3. 安静下来，将注意力放在自己的呼吸上，温柔平和地观察气息进入身体和离开身体的全程。

4. 可以数息，一呼一吸为 1，从呼气开始数。途中有念头打断，就重新凝聚注意力，回到 1。

5. 练习可以从每天的 5 到 15 分钟开始，以 10 次呼吸为目标。

● 最开始练习时，数息的工作很容易被我们脑子里的各种念头不断打断，这是正常的。不用与念头紧张对立，每每觉察到自己被念头拉走，就将注意力再放回到呼吸上。

● 如果有机会深入，你会知道静坐不仅如此，它是一门很深的系统性的学问。但在一开始，经由它练习主动将心不断从杂念和外界中收回的能力，对我们而言，已经大有裨益。

通过静坐冥想，我发现了能量，其实它一直都存在。以前我只有在事事顺心时才能找到它，但是通过静坐冥想，它就像倾泻的大雨一样。

——约翰·列侬

希望你，成为你自己

对老师而言，除了教导和陪伴，引导学生的
眼界和行脚处不止于自己的所在，为让学生
成为他自己而努力，是最重要的那件事。

今年夏天，她做了个藜麦沙拉

蒋洁 *律师*

01. 您是做什么工作的?

我是律师，主要从事公司收购、并购和跨境投资方面的法律事务。

02. 您为什么学写字?

有一次见一位朋友，她说起自己在暗桐教室学习，说起这件事时，真是眉飞色舞，笑成了一朵花儿。我喜欢中国的水墨和书法，也想着要报个班学习，但一直没有落实。那次回去就开始做"调查"，把林曦老师的微博、微信公众号以及和她有关的信息都看了一遍，看过后觉得太喜欢了，想如果再招生，我一定要去。后来就真的成了她的学生。

03. 写起来后感觉是怎样的?

刚开始学写字时，林老师让我们练基本功，每天写横、竖、圆转的线条。我写的时候，好像回到小朋友的状态里，没有什么疑虑，也没有企图和困扰，就是单纯地练习着那些动作。那个过程让人觉得舒服和安定，一笔一笔写下来，很来劲。

到现在已经学了很多年了，写字的作业还是每天做，到了周末就会花更多的时间。除了写字，老师布置的其他作业我也会尽量去做，比如要读的书，要看的电影，还有需要写的读后感、小作文等。

有时作业多一些，就少刷点手机、早起，偶尔熬一熬，虽然也时常想偷个懒，但也都会去完成。

04. 听起来您对老师有种很全然的跟随。

我能从林老师身上感受到一种又充实又自在的状态，那是我喜欢和向往的，所以她教授和分享的，就都很愿意去实践。

我们想要验证和抵达一件事，总是要通过"做"的。但人的脑子倾向于夸大行动的难度，只用想的，就觉得好难好麻烦，以及纠结这到底有没有问题、有没有用等。过多的酝酿会阻挡人进步，也可能因此就放弃了。所以我不会在学习中以一种局限的自我经验去判断和质疑老师，那很难得出准确的结论，时间和精力也浪费了。老师有句挂在嘴边的话，"有行动，无情绪"，有了事就去做，做完之后回来再复盘，看有什么可以调整和优化的地方，那样的思考和判断才是真实和有价值的。

当然我也无法对所有的老师会有这样的状态。之所以这样跟随，一来是因为真实地在其中受益了，二来可能是自己也到了一定的年龄阶段，能知道什么是对自己好的。

05. 关于这样的受益，能举个例子吗？

比如我曾在林老师的一个演讲上听她讲了一个观点：人要先学会"独善其身"。

她说"穷则独善其身，达则兼济天下"的意思是人需要先把自己照顾好，才能有余力和真诚去照顾别人。自己活舒服了，才会有好的气场和状态，去和这个世界、和外面的人与事互动。

后来老师在课上讲解《阴符经》，其中有一句"禽之制在炁"。"禽"通"擒"，有控制的意思，"炁"指的是能量，就是说能做多少事情，要先看看自己的口袋里有多少存粮，换言之能量要省着用，并且要去积攒和保养。她说我们都会给车做保养，却总是忽略人，但如果不照顾好自己，精气神一直走在下坡路上，自己都立不住，还怎么谈其他呢。

"独善其身"这四个字我常听到，却没有太多的理解，甚至觉得其中有一点只顾自己的自私。听过她所讲的，我的"三观"被撼动了，那些观点和我以往的经验不同，但又那么贴切和合乎人性。对我来说，那种喜欢和认同带来的是一种底层思维程序的转变。

06. 能具体说说这种转变吗?

变化是在潜移默化里慢慢发生的。比如前天下雪，早上起来看到，心里很高兴，去给自己煮了一锅姜茶。天气阴冷清冽，就想着可以熏香。选了鹅梨帐中香，它的味道又暖又甜，软软糯糯的感觉很适合冬天里这样的天气。

隔火熏香的方式比较花工夫，我也没有那么多时间，就用了可以调节温度和

《竹涧焚香图》局部
南宋·马远

隔火熏香

　　一种在唐时就可见的熏香方式。在香炉的炉灰中埋上小小的炭火，将香材放在炉灰顶端的隔火（一种用来盛放香材的小薄片，有金、银、云母等材质，有时也可以不使用）上，香材的气味会随着温度的变化缓缓释放出来，这样的气味干净清润，没有烟火气。

　　《说文解字》里说：香，芳也，从黍从甘。黍是谷物，甘是甜，我们喜欢芬芳清阳，厌恶腥恶阴湿，香是一种本能的需要和喜欢。古人了解眼耳鼻舌身意，都要滋养保护，所以对自己的照顾，并不只在具体可见的饮食与四体，还可以以香这样的精微物质来祛病养生，愉悦心神，改变所处环境里的气象与感受。

　　一套炉瓶三事，是这种熏香方式的经典基本款用具，从宋始见，在古人那些表现文人生活的画作里，都常常看到它们。在现今爱香人的案头，仍有这小巧的几件，人们依旧循着古制，享受闻香的滋养和快乐。

　　关于香材

　　沉香是一种很好的香材。在中医里，沉香可以"去恶气、

隔火熏香

不同材质和形态的隔火

清人神、理诸气调中、补五脏、止喘化痰、暖胃温脾、通气定痛"，是令身体和心情都舒服的好东西。除去这些，最重要的是它的味道很好，通常香甜清凉，穿透力很强，其中以奇楠为最好的一种，随着温度的升高，香气会有变化。

好的沉香、奇楠都很珍贵，但熏一炉香，所费的用量相当小，且可以反复地使用，所以实用性很好，并不奢费。除了沉香类香材，也会有更多的选择，比如各种合香的香丸，其中一些熏闻许久仍有余味，也有次第的变化，可以尝试各样的味道，也很有趣。

电香炉

另外两种闻香方式

1.电熏炉：传统的隔火熏香要花的工夫多一些，适合手头无事、心中安定的时候。如果时间比较少，可以使用一种电熏炉，原理和隔火熏香一样，只是省去了事前的打理工作，很方便，外出时也很好携带。

2.线香：如果缺乏时间和精力，我们也总是可以为自己多做一点什么的。比如腾出手来点一支喜欢的线香，比起隔火熏、电香炉，它省事了很多，其中的美意却是相同的。

线香

时间的电熏炉。那一小阵子里，喝着姜茶，闻着香，认真看了会儿窗外的雪。然后投入工作。

其实是有些小感慨的。觉得现在自己居然也能把自己照顾成这样了，以前如果下雪了，就觉得"哦，下雪了"，然后就没了。为改一个合同不吃饭，一坐坐一天，晚上熬夜加班，也是过去的常态。那样给身体带来损害，心里的压力也没有缓解。但类似那个早晨里给自己的20分钟，付出的很少，但从中获得的满足感，让我被"充电"了。在心满意足中开始工作，人的精神头儿和状态是完全不同的。

给身心一点甜头，它真的会有很多正面的回馈。以前没有这样的意识，现在是越发觉得要好好待自己了。

另外想起来，今年夏天老师做了一个藜麦沙拉，看起来超好吃，我就照她分享的方子也做了。用到的食材很丰富，芝麻菜、菠菜、蘑菇、无花果、鸡蛋、白芝麻、炒香打碎的坚果等等。鸡胸肉先在烤箱里烤10分钟，再在煎锅里用油稍微煎到两面发黄，料汁用椰子油、酱油、果醋、蜂蜜，还有一点柠檬汁和芥末调在一起，加进去后，一尝就觉得惊艳，口感的层次特别好。藜麦是其中的加分项，那些饱满的小点点被嚼到时有一种迸裂感，很好玩，又有清香的味道。

07. 那您觉得好的学生应该是什么样的呢？

《楞严经》里有一句话："虽有多闻，若不修行，与不闻等，如人说食，终不能饱。"意思是知道得再多，但不去践行，就和没有学到一样，就像嘴里念叨各种好吃的，但并不能填饱肚子。

在我的心里，简单来说，好的学生会好好做作业，好好练习，然后举一反三——不是单纯去写个字、写篇文章之类的，而是可以把所学到的东西用在生活里，让它更好。我们不能太依赖老师，事事都去求解答，这不可能。老师给予的是方法，主动去解决问题、经营自己的，只能是自己。

08. 所以现在对您来说，生活和工作是可以兼顾的。

准确地说，我以前把工作和生活对立起来了。但其实它们是同一件事，都是生活的一部分。来到面前的每一件事，都要用一样的心去应对，而不是给它们贴上标签。这个是工作，那个是生活，我不要工作，我要生活，这个世界不是这样运作的。

从有分别、有矛盾到它们都是我的一部分，这是在暗桐教室学习之后，我的心理上一个很重要的转变。这种"如一"，我现在还做不好，还需要很长时间的练习，但它是一个努力的方向。遇到事情的时候，我会提醒一下自己，现在老天爷派给你的是这一件事，就专注投入去做就好了，于是就能再定一定心，安住在那个当下中了。

09. 说一说您喜欢的书家或碑帖吧。

这几年临过的帖里，最喜欢虞世南的《孔子庙堂碑》。它很安静，字里的空间、字与字之间的留白，让人看着好舒服。有种谦谦君子、温润如玉的感觉。

虞世南很会"让"，笔画里的锋芒和技术都很收敛，于是显得温和，"口"字一类的封闭空间，会收得很小，这样外部的空间就会大，气息便从容。我想其中的道理是——把"我"缩小一点，外面的世界便随之宽广有余地了。

《孔子庙堂碑》里的"咫"字

过去的我是不太会"让"的，可能和律师这一职业也有关系，习惯去争，一定要证明我是对的、你是错的，但现在变了好多。比如过去面对客户的对手，思维是我一定要把我方的便宜都占光了，你方则不要想有什么额外的收获，但现在我会在不触碰底线的前提下给对方便利。这样的"让"会让事情比较缓和，并且处于一种有来有往中，自己也有机会从中获得更多。

就是"退一步海阔天空"吧。只是之前常常表面上是退了，但心里并没有真的过去，还是觉得自己最对最大。但现在是，退一步，看到自己，看到他人，可以得到一个更大的世界。

还有最近在写小楷，写到王宠的《游包山集》，也特别喜欢。这个帖很舒朗，有天真趣味，并且它和虞世南的字是一路的。虞世南的字是把空间让了出去，它是把空间包了进来，虽然是小字，字中却有宽绰疏朗的感觉。

前两年也写过《游包山集》，那时的感觉并没有现在这么明显。应该还是人的状态的原因，你的频率和它接近了，也就自然能欣赏了。

10. 除了写字，您还有什么收获吗？

上周六上课时，老师和我们说，在学习的第四个年头里，要开始学习创作了。

她说打动人的作品，最终不在于技术有多高明，更在乎内涵和立意。其中的核心就是要用真诚的态度和匹配的方法去表达打动自己的东西，而不是怀着一种要胜利、希望自己很厉害的态度。

她说作品其实就是我们自己，人不是自己、找不到真心时，自然也打动不了别人。

那一次她要我们想一想，是什么在打动着自己。

记得第一年报名学习时，我是抱着学书法、学画画的想法去的。过去三年里，一个帖一个帖地写过，拉通了中国书法史，觉得收获很大。但学到那一堂课时，突然发现过去那些用功的时光是一个准备的过程。用写字画画来磨炼手上的技艺，读各种典籍，从古人那里汲取营养来滋养自己，所有的一切，都为了回到自己的内心，用更好的方式去呈现和表达自己。那时突然有一种豁然开朗的感觉，很是触动。

11. 那您想到是什么在打动您吗？

那天回家后我思索过，突然想起来自己很喜欢精灵世界，就是童话中、迪士尼里描绘的那种长着翅膀的小仙女，花仙子，许多小小的能飞的人，还有小花、小草、小动物。那是我小时候就很喜欢的意象，但后来越长大就越忘记了。

那时候它们又回来了，让我知道自己还有这一面，并且心里是惦记着它们的。我现在还不知道我的作品会是怎样，但就很想画一画那些长着翅膀的小飞人。

12. 再随便和我们说点什么吧。

我很喜欢动画片。最爱的导演是宫崎骏，最喜欢的一部应该是《风之谷》。在那个世界里，大家都觉得那种叫王虫的生物是敌人，因为心中对它有恐惧，所以就想要灭掉它们。但一个小国的公主，她有一种很平等的观念，看人的生命和其他生物的生命没有高下之分，也不会觉得王虫是敌人，会带着爱去与它们沟通。后来那个公主在战争中伤得很重，于是很多的王虫赶来了，人们认为它们会杀了她，但它们是来治愈她的。

那个画面特别美，王虫们把小公主围在中间，它们的触须聚在一起，像金黄色的麦田，有光，很暖。看到那一段时，会觉得太感动了。

"虽有多闻，若不修行，
与不闻等，如人说食，
终不能饱。"

1.蒋洁所做的那一款三色藜麦色拉　2.她的书房，搬新家不久，还未及添置新的书桌，便用一张条案暂代　3.读一本老师分享的美食书《鱼翅与花椒》　4.她最喜欢的两个动画角色是蜡笔小新和樱桃小丸子，收集了一些他们的小手办，觉得二人是天生的一对　5.北鼎珐琅铸铁炖锅和山西冠窑陶土砂锅。前者是轻盈的浅色，但实际很沉实，做个菜煲个汤，不费水且原汁原味，味道很好。后者是她最爱的一只砂锅，看上去沉，但实际胎壁很薄，自重很轻。它没有上过釉，会摸到一种"沙沙"的质地，很好摸，也觉得很安心

1 | 2 | 3
　 | 4 | 5

林曦老师与她临习的《颜勤礼碑》

新装修的家中，蒋洁对自己的
厨房尤为喜爱

她说这些字中的天真和
疏朗，早两年不太觉得，
现在看得懂些了。

——《游包山集》局部
明·王宠

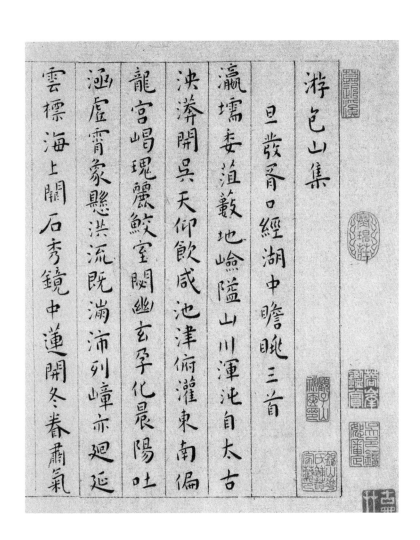

更多的映像

洋 洋
瑜伽老师

可爱

有一次林老师给我们讲读古代的经典。虽然她的语言轻松易懂，但那些古老的内容，都是一些关于人生的重要命题，所以她也很严肃，我们也很安静认真地听着。课后，大概是有朋友来找她，我注意到，那一下子，她就从一个严肃而气场强大的老师，变回了一个小朋友，兴高采烈，满眼都是笑，完全就是一个小朋友等到了好朋友来找自己出去玩的样子。就觉得，实在是太可爱了。

Lucy
文化公司部门主管

我都尊称"您"

对于老师，我从来不看他年轻与否，因为觉得老师就是老师，我都尊称"您"。我以前没有觉得林老师小，直到有一天她讲《道德经》。在解释"无""空"的时候，才发现她看得这么通透。当我意识到自己在所谓的商业市场上作为职业经理人打拼了二十几年之后的今天，倒过来还是在跟着这位"小"林老师学做人做事的道理，才突然留意到她的实际年龄其实是那么小，这让我更加尊敬她。

一 然
公司职员

提醒

第二学年结束后，林老师拿来一摞信封，里面是我们刚来教室时写下的一个清单，关于自己最想要在这两年中完成的事。两年过去后，她把信封还给我们，让我们自己拆开看看实现了多少。我写了 8 件，完成了 5 件，比如说"协助支持先生完成一次长距离骑行""选购一张好的古琴""带父母至少旅行一次"等等。但没有一个同学全部完成了当时写下的事情。

这是个很深刻的记忆，也是一个深刻的提醒。让我意识到，人往往把时间精力浪费在一些并不重要的事情上，真正重要的、想要去做的事情，变成了"梦想"（只是梦里想想）。如她所说，永远没有一个在未来的"最好"的时机，要不断地提醒自己，把那些对自己而言真正重要的事列入优先级，做起来，为它们投入，不留遗憾。

海 鸥
家庭主妇

遥望

记得那时学习石涛的《画语录》，林老师讲到"远尘章"。其中有一句是"物随物蔽，尘随尘交"。讲到这里时，她用了海子的《日记》②来做解，并

---

②　　**海子的《日记》**

姐姐，今夜我在德令哈，夜色笼罩
姐姐，我今夜只有戈壁

草原尽头我两手空空
悲痛时握不住一颗泪滴
姐姐，今夜我在德令哈
这是雨水中一座荒凉的城

除了那些路过的和居住的
德令哈……今夜
这是唯一的，最后的，抒情。
这是唯一的，最后的，草原。
我把石头还给石头
让胜利的胜利
今夜青稞只属于她自己
一切都在生长
今夜我只有美丽的戈壁 空空
姐姐，今夜我不关心人类，我只想你

为我们读了这一首诗。她读到"我把石头还给石头，让胜利的胜利"一句时哽咽了。那个时刻，我觉得教室里的我们并不存在，她在遥遥相望着一位知音。

融 融
电视台工作者

一笔一画

我常常看着老师示范时候的手，看着看着，就走神了。大家的呼吸共振，前景远景都虚化淡去，只有那手下流淌出的一笔一画飘浮在空气里。那笔画的下面，好像躲着看不见的时间隧道，一头是当下的我们，另一头是古人的风骨。

小 新
撰稿人

要真心地感谢和回报

很小的时候我爸就跟我说，春节的时候拜年，要最先给老师拜，老师是一个非常重要的存在，要真心地感谢和回报。所以我爸、我，包括我的孩子，都是这样，不管老师的回应是怎样，但自己就是要这样去做到。

平时我不会去打扰老师，更愿意用自己的方式来回报。比如将她讲过的课好好整理成笔记，以及把学到的那些东西用在现实生活中，甚至去影响到一些身边的人。还有在上课的时候不妄自点头，也不妄自问问题，因为你以为自己懂了的，不一定真的懂了，你以为不明白的，往往老师已经讲过了，要自己去温习、思考、分析，才能真的明白，或产生真正的问题。

汤 方 士
私营业主

有刚强的部分

老师是个艺术家，但在做学问这件事上，我感觉她是个理科生。她很讲方法论，比如面对一个陌生的事物，她会理性地解构分析，在充分理解的基础上，再生发出自己的观点，她有一整套自己的章法，而不是随意地万事靠感觉。

而且老师很美啊，又不是成天只有美，她还有刚强而结实的部分，她说中国传统中最核心的精神之一是"自强不息"。同时她也很爱好美食、喜欢小朋友的天真，我觉得这两件也都是特别正经的事。

那个时刻我们真的是想要表达这种真心。人长大之后，都有点不好意思再这样做了，这种感情挺稀缺的，跟小朋友一样很单纯。

喧桐老教室门外的一角

吴 江
家庭主妇

全心全意地去品尝你的每一口

林老师做得一手好饭菜。她会认真研究食谱和食材的搭配，和我们说，吃好一点所带来的快乐，成本最低，效果最大，能全心全意地去品尝你的每一口，完全投入地享受食物，是一件很美好的事情。

赵 瑜
家具设计师

想要表达真心

记得那一次，说要毕业了，很不舍得，所以我们在私底下商量，一起给林老师唱首歌吧，就唱《海上花》。

那天大家静坐结束后，我们班的一个特别会唱歌的女生轻轻地开始独唱起那一句"是这般柔情的你，给我一个梦想"。那么大的一个教室里头，她起了头，然后我们就开始和。老师就在上面哭得稀里哗啦，说"为什么不告诉我，我画眼线了"，特别可爱。

♥ 也许和你有关

张充和先生曾师从书法家沈尹默。她说看沈先生写字是无比享受的事情："运笔时四面八方，抑扬顿挫，急徐提按都是音乐的节奏，虽然是看得我眼花缭乱，却于节奏中得到恬静。"

但沈先生从不要别人学他的字。虽然有些朋友总会有意无意地效仿，他却说"你千万别学我字，如真要学呢，就找我的娘家去学"。

他指的"娘家"，是书法史中的那些经典碑帖。学"娘家"，是取法乎上的意思，人需要走得更深远一些，去参访和学习那些更高明的所在。

张充和先生曾和老师玩笑，说娘家家族这样大，叫人一时如何学得了。但这也正是老师的要义所在了。老师是犹如导游一般的存在，知道从哪里入门，该如何走，先学什么，再学什么，哪里容易遇到问题以及该怎样解决，等等。

就像张先生学字时，沈先生除了指点笔法，还会为她开应临的碑帖。比如针对她当时字中欠缺法度的问题，便建议她多临隋唐时法度严谨的楷书，后来又将《元公姬氏墓志》借给她临习，对治的是她小楷中松懈无体的问题。

他的心中有进步的方法，但终究是在学生写出自己的字的那一路上，做一些建议和扶持。

梁漱溟先生说："俗语有'学来的曲儿唱不得'一句话；便是说：随着师父一板一眼地模仿着唱，不中听的。必须将所唱曲调吸收融会在自家生命中，而后自由自在地唱出来，才中听。"

老师的用功处，除了具体的学问和方法，还有该如何启发和相送，并有深深的自觉，知道教学不是为了让学生成为自己。而我们的跟随，终究是为了成长出那个更好的自己。以下几则参考建议，是和如何做学生有关的。此后还附有丰子恺先生的一篇文章，也是和一种自觉的学习有关的。

● 不要求完美老师

一千多年前，韩愈在《师说》中有一段话，讲到了老师的一种非常重要的本质：

"孔子师郯子、苌弘、师襄、老聃。郯子之徒，其贤不及孔子。孔子曰：三人行，则必有我师。是故弟子不必不如师，师不必贤于弟子，闻道有先后，术业有专攻，如是而已。"

大意是学生不一定不如老师，老师也不需要处处都比学生强，对学生而言，老师是在某些方面的先行者，他们在某个领域中走得比较深，于其上有着更多的理解，积累了多于我们的经验。

古往今来，许多情谊和佳话在师生相待的过程里生出，也有更多的期待和要求赋予老师这个角色。但更多时候我们可以把事情看得更简单，就像韩愈所提示的，老师不需要是个尽善尽美的完美偶像（这也并不存在），也不必是这个领域里最厉害的人，他们是犹如教练、导游那样的存在，让我们不用在短短的人生中，花很多时间去盲目兜转。

● **不固守自己的经验，去尽量跟随**

跟随一位老师，最重要的一件事是放下自己固有的经验和习惯。清空自己后，才可以更好地接纳新的东西。有的时候，我们可能会对一些事情无法理解或完全认同，那么可以想想是否因为自己对此知之甚少的缘故。不是不可以探讨交流，但充分的了解才有语境，"疑师"之前，需要先学得明白透彻一些。

● **先尽力，再提问**

有一些问题，是因为没有经过必要的思考和实践而出现的。不要习惯依赖老师，在提出疑问前，先尽自己的力去求解。一些问题会因此自然被解答，更真实和必要的问题也会由此生出。

● 好好做作业

在老师的讲授和对资料的阅览中,我们很容易"知道"一些事情和道理。但单纯的知识积累,并不能真的令人受益,反而容易变成一种装点,令人生出优越感甚至傲慢来。而作业的习练会让人从"知道"到"做到",唯有亲身实践、经历,那些知识才有可能真正转化为自己的东西。

叶圣陶先生的一段话,将其中的道理说得很明白:"大凡传授技能技巧,讲说一遍,指点一番,只是个开始而不是终结。要待技能技巧在受教的人身上生根,习惯成自然,再也不会离谱儿走样,那才是终结。所以讲说和指点之后,接下去有一段必要的工夫,督促受教的人多多练习,硬是要按照规格练习。练成技能技巧不是别人能够代劳的,非自己动手,认真练习不可。"

● 分辨所得

分辨从老师那里得来的是什么,比如在学习中,获得的究竟是学问、技艺、心境上的实质性的进步,还是只是情绪上的一种满足。

并不是说情绪的满足不重要。前行中我们总会需要一些支持和抚慰,但要看到它们的前提需得是我们真正有所得,是在这个过程里,渐渐长进的自己。

从孩子得到的启示

丰子恺

晚上喝了三杯老酒，不想看书，也不想睡觉，捉一个四岁的孩子华瞻来骑在膝上，同他寻开心。我随口问：

"你最喜欢什么事？"

他仰起头一想，率然地回答：

"逃难。"

我倒有点奇怪："逃难"两字的意义，在他不会懂得，为什么偏偏选择它？倘然懂得，更不应该喜欢了。我就设法探问他：

"你晓得逃难就是什么？"

"就是爸爸、妈妈、宝姊姊、软软……娘姨，大家坐汽车，去看大轮船。"

啊！原来他的"逃难"的观念是这样的！他所见的"逃难"，是"逃难"的这一面！这真是最可喜欢的事！

一个月以前，上海还属孙传芳的时代，国民革命军将到上海的消息日紧一日，素不看报的我，这时候也定一份《时事新报》，每天早晨看一遍。有一天，我正在看昨天的旧报，等候今天的新报的时候，忽然上海方面枪炮声起了，大家惊惶失色，立刻约了邻人，扶老携幼地逃到附近的妇孺救济会里去躲避。其实倘然此地果真进了战线，或到了败兵，妇孺救济会也是不能救济的。不过当时张遑失措，有人提议这办法，大家就假定它为安全地带，逃了进去。那里面地方很大，有花园、假山、小川、亭台、曲栏、长廊、花树、白鸽，孩子们一进去，登临盘桓，快乐得如入新天地了。忽然兵车在墙外过，上海方面的机关枪声、炮声，愈响愈近，又愈密了。大家坐定之后，听听，想想，方才觉到这里也不是安全地带，当初不过是自骗罢了。有决断的人先出来雇汽车逃往租界。每走出一批人，留在里面的人增一次恐慌。我们结合邻人来商议，也决定出来雇汽车，逃到杨树浦的沪江大学。于是立刻把小孩子们从假山中、栏杆内捉出来，装进汽车里，飞奔杨树浦了。

所以决定逃到沪江大学者，因为一则有邻人与该校熟识，二则该校是外国人办的学校，较为安全可靠。枪炮声渐远渐弱，到听不见了的时候，我们的汽车已到沪江大学。他们安排一个房间给我们住，又为我们代办膳食。傍晚，我坐在校旁的黄浦江边的青草堤上，怅望云水遥忆故居的时候，许多小孩子采花、卧草，争看无数的帆船、轮船的驶行，又是快乐得如入新天地了。

次日，我同一邻人步行到故居来探听情形的时候，青天白日的旗子已经招展在晨风中，人人面有喜色，似乎从此可庆承平了。我们就雇汽车去迎回避难的眷属，重开我们的窗户，恢复我们的生活。从此"逃难"两字就变成家人的谈话的资料。

这是"逃难"。这是多么惊慌、紧张而忧患的一种经历！然而人物一无损丧，只是一次虚惊；过后回想，这回好似全家的人突发地出门游览两天。我想假如我是预言者，晓得这是虚惊，我在逃难的时候将何等有趣！素来难得全家出游的机会，素来少有坐汽车、游览、参观的机会。那一天不论时，不论钱，浪漫地、豪爽地、痛快地举行这游历，实在是人生难得

的快事！只有小孩子真果感得这快味！他们逃难回来以后，常常拿香烟篴子来叠作栏杆、小桥、汽车、轮船、帆船；常常问我关于轮船、帆船的事；墙壁上及门上又常常有有色粉笔画的轮船、帆船、亭子、石桥的壁画出现。可见这"逃难"，在他们脑中有难忘的欢乐的印象。所以今晚我无端地问华瞻最欢喜甚么事，他立刻选定这"逃难"。原来他所见的，是"逃难"的这一面。

不止这一端：我们所打算、计较、争夺的洋钱，在他们看来个个是白银的浮雕的胸章；仆仆奔走的行人，血汗涔涔的劳动者，在他们看来都是无目的地在游戏，在演剧；一切建设，一切现象，在他们看来都是大自然的点缀，装饰。

唉！我今晚受了这孩子的启示：他能撤去世间事物的因果关系的网，看见事物的本身的真相。他是创造者，能赋给生命于一切的事物。他们是"艺术"的国土的主人。唉，我要从他学习！

让自己，暖而有光

如《黄帝内经》里所说，人们理应"各从
其欲，皆得所愿"。当人做好了自己，愉
悦开怀，便会有一种温暖、阳光的状态，那
比无数言语都更有说服力，也更令他人愿意
趋近。

所以先把一些力气，从他人那里，收回到自
己身上来。

是啊，你看多好，你长大了也写

王 博　*航天工程师*

01. 您是做什么工作的?

我是做航天方面的机械设计的。

02. 您为什么学书法?

我小时候也在少年宫学过写字，一直挺喜欢，但那会儿太小了，只顾着玩儿了。我有一位同事在学写字，她会发一些写字作业的照片。我觉得她写得很好，而且每隔一阵子会换写新帖，一直进步着，让我好羡慕。

我们俩工作和生活的节奏差不多，我想她能行的话，我也应该能行，就去报名了，想着写好了会看起来很厉害（笑）。

03. 写起来后，感觉怎么样?

有一种和毛笔有点亲切，但又没什么把握的感觉。总之就是从零开始，从刚练线条时的又粗笨又弯曲，到慢慢能写得对，感觉挺好的。

前一阵在一个展览上看到了一幅王诜的画，后面跟着很多人的题跋。那时我发现其中一些名字我是认识的，也读出那些题跋的内容中有一些夸张的赞美，甚至是奉承的意味，好像可以看到当时那个人的某种状态，觉得这很可爱，还有点神奇。要知道此前我对于书法的了解是一片空白，连碑和帖的区别都分不太清。

记得在那些题跋中，我还看到了年羹尧写的一段。以往对他的认知主要来自历史小说和电视剧，印象最深刻的是在《雍正王朝》里他善于征战，对皇帝自称奴才，没啥文化的样子。但那时一看，知道他是有修养的，还忍不住想，这将军还能写这么小的字儿呢，那小楷，真是比我写得好太多了。

04. 分享一下您喜欢的碑帖或书家吧。

学到《兰亭序》时，我把它展开贴到了墙上，虽然知道这是人人都爱的"天下第一行书"，但怎么看也有些不明所以。

后来按老师的要求，一行一行背，一遍一遍写。为了写好它，我还一个字一个字地分析，用很理性的画机械图的方式，标注入笔、出笔的角度和方式，行笔的轻重等，再像背口诀一样背下来。其实我当时是有些教条和死板了，但也得益于那时一遍遍的磨，和它磨出了老熟人般的感情。

刚开始，写第一个"永"字都是颤颤巍巍的，通临了二三十遍后，渐渐有了更多体会。从笔画角度到大小布局，处处都是精妙。一个字单看好看，几个字组到一起也好看，笔画与笔画间、字与字间，是有气息相连的。等到慢慢能感受出通篇里情绪的变化，便知道自己长进了。

也不只是写字。老师说先文后墨，字迹最终是为了表达真心，比如那三大行书，都是除了字本身的好之外，文章也很好。那些内容和情感，可以和不同时代的人心心相印，如此才会被流传和推崇。

其中一段"夫人之相与，俯仰一世。或取诸怀抱，悟言一室之内；或因寄所托，放浪形骸之外。虽趣舍万殊，静躁不同，当其欣于所遇，暂得于己，快然自足，不知老之将至"，大意是一世间，不同的人有不同的生活方式，凡事找到自己的节奏，尽力就好。而那些生活中的好和不好，也都是一种暂时的相伴，都要好好地去接受和对待。面对外界种种，太过的悲喜都不是特别好的处理方式，还是要回归到自己的内心，有所寄托，但也不会被外物牵制，很认真，也不执着，由此得到自己的自在。

我对人生想得很少，以前总觉得古人的境界太高远，普通人是做不到的。但学到那儿时，佩服这见地之余，有种世界被打开的感觉。想起老师在讲《童蒙止观》时也说过相似的原理:不用试图避免各种情绪和不好的事，而是它来了，也能让它过去。心就像面镜子，可以映照，但并不留存——我们可以生气，也可以特别高兴，但过了之后就过了，别让它干扰到之后的生活就好。

那个时候，发现原来还可以从这个角度去看生活，而且有些东西，自己也是可以去参考和做到的，就觉得挺棒的。

05. 除了写字，您还有什么收获吗?

在教室推荐的《日日是好日》一书中，我读到了一个细节，说主人公在习茶之后，观察到了夏天的雨和秋天的雨有什么不同 [1]，这些生活里的细微小事，让

---

[1]　　　　　　　　《日日是好日》中关于雨的描述

木造房屋拉门在梅雨季中，因为潮湿很难拉开，但门上的纸格子窗却经过冬天的冷缩而变得松垮。

"午安。"

"哎呀，正在下雨，快请进。"

进入茶室，仍清楚听到雨声。

啪啦啪啦……

硕大的雨滴像豆子般打落在八角金盘叶上。

啪啦啪啦……

雨还拍打着雨棚，在盛开的紫阳花、圆硕的山茱萸上雀跃弹跳。

此起彼落的声响，就像热带雨林中的雨之节奏。

"这就是梅雨季的雨!"

老师自言自语。这时我才发觉——

(和秋天的雨声截然不同……)

十一月的雨总是下得无精打采，有点落寞似的渗入土中。同样是雨，为何如此不同?

她意识到自己日渐敏锐，可以在当下的平凡中体悟到幸福。

读过之后，我会有意识地去感受周围。比如在开车带儿子上下学的路上，我们会讨论周遭的变化。我们一起留意过傍晚的晚霞、早上的朝阳、下过雨的土壤的味道，还有开春后，风里那种暖融融的感觉。

也一起听了四季的雨，用心听时，发现它们真的不一样。春雨很柔软，有泥土苏醒的味道。夏天的雨很急促活泼，雨滴颗颗都饱满。立秋后，雨变得萧瑟，开始有收束的意味。北方的冬天下雨不多，但它裹挟着冷风来的时候，会让人莫名觉得心里很重。

啊！因为秋天的树叶都枯萎了。六月的雨却是嫩叶弹跳的回响！雨声就是绿叶朝气蓬勃的音响。

啪啦啪啦……

啪啦啪啦……

……

某日，从茶釜拿起水勺时，听到风吹过庭园中矮竹丛的沙沙声，突然觉得郁闷难过，泪水不禁流下来，因为想起以往欢庆节日中听闻的风声。

掀开夏日的广口水指盖时，洒过水的庭院气息与暑假的解放感，在胸中苏活开来。

将冬天厚实的茶碗握在手中转动、感觉温暖时，总唤醒我童年身体孱弱、卧病在床的寂寞回忆。

对过往风、水、雨味道的记忆霎时间立即涌现，有所感触又骤然消失。

就这样，发现过去无数的自己存于现在的自我中合而为一地活着。

以前除了觉得下雨烦人，没觉得有什么不同。现在不再那么无感，知道每场雨都是不同的，生活还是以往的样子，但由此其中却多了意味和乐趣了。

06. 您学写字、学传统，周围的人怎么看？

家里人曾经是不支持的。刚学过一年，就劝我不要上了，说玩儿也玩儿过了，知道是怎么回事就得了。

前两年时间确实紧张。我有两个孩子，那时女儿刚出生没多久，儿子要升初中，每天照料他们，一日三餐，陪学陪玩，一天的事情收拾妥当，坐下来写字时，总是夜里十一二点了。

妈妈劝我说要想写，等以后年纪大了，孩子都离手了再写。这件事在他们看来有点不务正业。上班、照顾家，尤其是带孩子，他们觉得其中没有哪个能放下，就说把写字放下吧。

我理解他们的想法，但我是真的喜欢写字。忙活一天后坐下来写一页字，是一天里难得的独处时间，不觉得辛苦，更像是抚慰和奖赏。

他们不能理解我的感受，但我也不争辩，晚上等家人睡了后，照旧在书桌前坐下来。妈妈要是念叨得狠了，我就停几天，等她回自己家了我再写。

后来有一天，妈妈看到我在朋友圈发的作业，应该是觉得写得不错，评论说："能坚持这么久不容易。"我回复她："对喜欢的事情不用坚持，是享受。"后来在升阶报名时，她突然和我说你就写吧，你喜欢你就去做吧。还说要帮我交学费。

我妈妈是一个比较严厉的人，对我是这样，对自己更是。一直以来她都埋头于工作和家事，一件事情有着即时可见的用处才会觉得踏实，在工作之余为自己寻一样爱好、投入其中这样的事，她没有尝试过。但那次她和我说，一个人能有自己的爱好，又能一直保持这个喜欢，确实是挺难得的。

那是她第一次和我说，去做你喜欢做的事，也说回想自己的过往，会有点遗憾，会羡慕身边那些有爱好的人。那个时候，我的心里是有泪意的。

07. 这个过程中，您有试过去说服他们，获得理解吗？

我想我可能也说不清楚。我说这件事情很好，我很喜欢，但他们没有和我一样的体验，就会觉得这是一种不成熟或者自私。就像我妈妈经历过很匮乏拮据的生活，而我有傻乐的童年，我们的经验和选择就会不同，人和人有时候并不相通。

但写字让一个人这么高兴，长久下来她是感觉得到的，当有些自己的体会了，她便慢慢开始改观。她有过为了照顾别人而让自己委屈遗憾的体验，便自然不希望我也是那样的。

过年的时候我给她写了春联，她挺高兴的。她还会评价，说今年的比去年的写得好，明显你今年进步挺大的。

08. 感觉您是一个很顺其自然的人。

我是没什么能力去改变别人的人，那样特别累，能合拍就一起，合不上就先各自安好。

今年春天，有几个朋友看我在写字，自己也想写起来，让我给他们聊聊。我就从最基本的线条开始讲起。有的朋友比较急，想要快一点写好。我就说不太行，怎么着也得每天练，慢慢来，一下子就写好，不太符合客观规律。也有朋友进行得比较顺利的，耐得住性子，练得比较多比较久。

个体差异这件事是没有办法统一的，你只能让他在他原本的样子上往下走。我就和着急的朋友说，有时间就多写写，如果实在不行这事儿就先放一放，别惹自己生气。

我想如果他始终还是想往这个方向去，肯定会有一个更适合他的时机到来的。

09. 孩子们怎么看待您写字呢?

两个孩子都喜欢妈妈写字,哥哥跟我一起写过一段时间。

每年圣诞节,我们都会扮作圣诞老人送孩子们礼物,奖励他们这一年的努力,也鼓励他的兴趣。有一年的圣诞,哥哥收到的礼物是毛笔。那天早上他醒来,看到有礼物,问我,妈妈,夜里有人敲门吗?我说没有,昨晚我把窗户开了一个小缝。他拆开看是毛笔,又问,圣诞老人送妈妈的吧?我说我已经是成年人了,圣诞老人照顾不过来,只送小朋友。最后那支毛笔还是我用了,他觉得自己写不好,担心会浪费毛笔。

他喜欢看我写字,又怕站在我旁边会影响到我,很可爱。

10. 再随便和我们说点儿什么吧。

记得我刚开始学写字时,去置办了一张大桌子,从实用的角度,先把文房工具都铺开了,一时也想不到其他的。

转过年来,是 2017 年春天,楼下有花开了,有一天我剪了一枝回去,插到瓶里,放在写字的桌上。那会儿写的是俞和的《篆隶千字文》,我的印象很深,字帖和字,衬着淡粉色的小花瓣,很好看。我拍了照片给哥哥看,他特别喜欢,也有点惊讶,大概觉得这有点不像是自己现实生活中的事。我过往的生活,的确是不那么细致的。

上图是坦坦为妈妈叠的写作业用的格子纸。下图的墙上是妈妈的字,下面是坦坦的画

后来有了妹妹,我就在卧室的梳妆台上铺一个桌布,把它当作书桌用了,可以一边写字,一边留意照看她。桌上有我的文房工具,也有常用的小花瓶和小香薰。又在卧室墙上加了毛毡板,写好的字可以用吸铁石

210

贴上去，哥哥就把自己的画也贴上去，他觉得挺高兴的，后来让我在他的房间里也加了一块。

去年冬天一个早晨，我写完了黄庭坚的《松风阁》,贴在墙上。妹妹睡醒后看到，说："哥哥你看，妈妈写的字多好看。"哥哥就哄她："是啊，你看多好，你长大了也写。"

"我们可以生气，也可以特别高兴，
但过了之后就过了，别让它干扰
到之后的生活就好。"

1. 10 岁的生日，王博和妈妈的合影，背后的雕塑，是老家唯一的一处"景点"　　2. 日常的作业，都用一个大箱子收好

1. 书桌的一角，王博写字时，女儿常在那儿玩玩具或看书　2. 儿子的房间中，有"用功蒙养"四字　3. 为作业叠出不同的横竖栏，久而久之会十分熟练和准确　4. 女儿两岁多时随手涂抹的一幅"画儿"，王博说，其中有一段十分饱满均匀的中锋线条让她惊艳了，那是他们初学写字时重要的基本功练习　5. 女儿无意写出的那一笔优质中锋，她说自己要向她学习那一种天真无忧、自信挥洒的状态

王博在临写《兰亭序》

她喜欢其中的这一句：
"虽趣舍万殊，静躁不同，
当其欣于所遇，暂得于己，
快然自足，不知老之将至。"

更多的他们

龚宇红
电气工程师

她爱她的，我爱我的

我写字，身边的人各种想法都有。比如"写字呢？哪有时间啊""那么多事儿，静不下来啊""修身养性啦，准备养老了"。我觉得，只是他们还没有走这一步，或者说是时候到没到的问题。

我也希望孩子可以学写字，但她现在不行，她是互联网时代的"小怪物"，经常不屑一顾就跑了。我也不着急，她爱她的，我爱我的。如果有机缘，她自然会学。

记得我小时候陪我姥姥听京剧，也是"哎呀，烦死我了"，她一拉胡琴我就跑了，抱头鼠窜。现在也喜欢得不得了。我喜欢听程派青衣，百听不厌的《锁麟囊》，起首的那段"怕流水年华春去渺，一样心情别样娇，不是我无故寻烦恼，如意珠儿手未操"，美！

还有薛湘灵逃难唱的"一霎时把七情俱已昧尽"唱段。每次听，心都会跟着起起落落一番，以前会觉得不过是宣扬因果报应，现在倒觉得是写天道自然：人且做，天且看——浮云世事，如是而已吧。

Lucy
文化公司部门主管

你帮我写个春联吧

开始朋友们还是针对这事儿开我玩笑的。觉得上过了少年宫了，写大字、喝茶、学传统，就应该是属于老年人的生活。但是，慢慢地，你会发现身边有朋友去离家不远的美术班学习了，聚会的时候也常会说"晚上去你们家喝茶啊"。

以前一般我们关心新款大牌什么式样的，现在慢慢开始问古琴多少钱。虽然也没有人跟我说我觉得你学这个真的挺好的，但是他们会说，把你的字发来看看、你帮我写个请柬吧、你帮我写个春联吧，这样也已经有好多年了。

Lucy 的茶席

李 力
电影编剧

和同学一起去京都

去年和暄桐的同学一起去京都，特别开心。我们住在银阁寺附近，每天一早我先去走上一段哲学小道，看看猫，看看关着门的寺庙或者开着门的寺庙，很舒服。一天下来，吃饱喝足的夜晚，我们会在客厅里铺开笔墨纸砚写字。

高 善 瑜
新媒体编辑

进步了，真好

我爸妈从来不会问我说写字能干吗，他们只会拍手称好，说进步了，真好。

一 然
公司职员

每个人的点都不一样

一些朋友曾经担心我既没有天赋也没有童子功，到现在这个年龄才学这个，会浪费时间。我倒没有想过要最终写成什么样，我要的不是这个。我们的学习除了写字临帖，还有静坐、读书，功夫从纸上用到心上。我明白朋友的好意，但每个人的点是不一样的。

孙 璐
行政人员

走，我带你去外面看树

妈妈有段时间状态不好，紧张、焦虑、厌食失眠，情绪波动很大。考量下来没有选择吃药，我就试着让她每天跟我一起静坐、写字。

她特别棒，真的愿意去慢慢地试。从开始写 5 分钟、10 分钟，最后可以写上一个小时。记得写到《峄山刻石》的时候，她说："我怎么样才能把字写得像你写的那样，是立着的呢？"我说："走，我带你去外面看树。"我们就真的去看了树，去感受逆光中树干的立体浑圆，还在她写到《张迁碑》时，去观察了和其中的雁尾异曲同工的翘起来的古代飞檐。

每次上完课回来，我会跟妈妈一起喝茶聊天，把课上学到的"宝藏"讲给她听，让她读我的笔记，现在她已经走出那个状态了。

桃 子
书籍设计师

他特别爱听

现在，不上课的那个周末，一家人出去玩，路过上清寺，我会给先生说：你看这个小学里，以前就是张充和先生跟着沈尹默老先生一起探讨用笔的地方，沈老先生说张先生的字，像是明人写晋字，很有古意。和先生说这话时，我自己都对那个场景神往不已。

路过七星岗，我也指一个大概位置，跟先生讲，这里以前郭沫若住过，他对金石有很深的研究。我们一年级学

篆书的时候，老师讲到清人书家比如邓石如篆隶书里的金石气，就是从碑呀鼎啊樽呀彝啊这些金石器上镌刻的文字得来的。

走过凯旋路，我其实都不知具体位置，也会跟先生讲，丰子恺先生曾经就住在这一带，他的一部分抗战时期的画就是在这里完成的。我一直非常喜欢丰子恺先生，尤其有了孩子后，再回味他作品里对儿童的理解和赞美，更觉得人间好有爱啊。

跟先生讲这些的时候，他特别爱听。

吴 江
家庭主妇

很久没问过分数了

儿子那天说，妈妈写字以来，温柔多了，好长时间都没问过分数了。细细想来，还真是。记得他小时候，我曾拿他喜欢的东西要挟他，他喜欢养小鱼小虾，有次考试成绩不好，我竟然残忍地说，下次再考不好，我就把它们扔出去。

后来听过林老师在课上的一句话，"要追求向内的修为，不要把自己没有获

得的成就寄望在娃身上"，特别触动，真诚地给儿子道歉，说"妈妈不懂你的心，对不起"。儿子说"早忘记了，你一直都是最好的妈妈"。

郑千千
大学生

局部的真实

有次老师讲霍金先生的《大设计》中的一个地图的比喻：真实世界就像地图，山川图、气象图、建筑图等等叠加，才能无限趋近真实，单独看任何一张，都只代表着局部。就像我们每个人都有自己的观测点，在其上看到的也是仅属于自己的局部真实。所以要理解别人与自己观点不同，我们有不同的"地图"，各自在自己的局部中，所以没有绝对的对错与单一的标准。

启发便是我们可以把试图改变他人的力气收回来，尊重对方的局部真实，不强求认同，同时努力提高自己的观测点，从而去看到更多的角度，更多的真实。

听完那节课后，我有种世界骤然被打开的感觉。当天回家兴致勃勃跟妈妈分享，希望她理解了这个道理后，也

能尊重我的局部真实，不要总试图改变我什么，但是收效甚微。因为希望妈妈做到的，是要尊重我的局部真实，而我呢，也需要做到，尊重她想要改变我的这个局部真实。

有点好笑吧，但由此我对待外界的态度平和了很多。

局部的真实

志群
家庭主妇

各得其乐

有时家里来朋友，一起吃完饭，他们打麻将，我写字。他们没把我写字当成多了不得的事，我给他们准备水果茶水也没觉得被打扰。各得其乐，我觉得这样挺好的。

冯 维 佳
编辑

祝你生日快乐，师弟

因为各种原因，我和爸爸有很多隔阂。多年来言语不通。虽然我知道他是很好很善良的人，但每次临到近前都升起情绪，每每以矛盾告终。话不好听，也总是后悔难过，但因为生活的殊异和价值观的不同，没有解法。于是心里重重的，化不开，也避不过。

几年前为他报了写字课，那时知道他一定会说不，所以报好名注册好账号才告诉他，教他怎么在网上收看直播，也按照书写的进程，买纸笔工具给他。他一路学来，不优秀，却一直在写着。到如今我们的交流也不频密，但平和友爱了很多。其中很大一部分，是关于这写字的学习。我会说，同学，你的结构和章法都很稳妥，但用笔绵软了一些。他会说，你说得对，我的手有点抖了。我会说啊我真的一败涂地了。他会说比起你的以前，这已经很了不起了。

今年他的生日，我特地从北京跑回成都。在酒席上，我给他敬酒，彼此师姐师弟相称。我祝他身体健康，有更真实的畅达，而他说：无论如何，我从心的尖尖上，都是爱你的。

王 婧
主持人、老师

梦幻椅套

记得有天我在书桌前，突然很想要有一个梦幻一点的环境，就跟我先生说，我想给我的椅子穿花衣服。他就真的给我做了一个缀满了彩色小球球的椅套，叫"起球吧椅套君"，说希望我坐在那儿，好好画画、读书、写字，和古人玩耍。

起球的椅套

♥ 也许和你有关

我们是不同的。

但我们常忘了这件重要的事。常以好意、爱、分享、帮助和引领等名义，执着于他人对自己的认可或跟随，但事实往往不遂人愿，许多的对立和烦恼都因此而起。

我们的经验和选择，形成于我们的性情、际遇、环境、节奏等因素的聚合，这与他人的经历有着千差万别。当我们走在自己的这一条路上，同时也必然会失去其他的角度和相应的观照。于是即便我们把自己照顾和经营得很不错，也很难直接将自己的观点和行为平移，效用于他人。

夏虫不可以语冰，因为它没有经历过冬天；蜀犬吠日，因为蜀地的艳阳天是罕有的；燕雀安知鸿鹄之志，因为它不是那样的大鸟，没有经历过它们的高远——这些典故的重点不在于某种嘲讽或贬抑，而是在反复述说着一种真相：我们有基于局限的差异性，也有在各自的角度中的合理性。

不是说没有分享的必要，也一定有让彼此变得更好更默契的途径。但无论与对方有多亲密，或对对方怀有多殷切的好意，当面对不符合自己经验和心意的种种，要知道那是必然和正常的，便不需要再为之付出无谓的困惑、失望和痛苦了。

关于和他人的相待，以下有一些参考建议。以上"接受我们是不同的"是其中最重要的一点。那是我们彼此理解、相伴和相爱，并且得以进步的前提。

● 以"异见"为自己扩容

将不同的观点、选择和行为看作一种为自己扩容的存在，尝试着去观看和理解，以获得更多的角度和由此而来的进步。

分享来自朱光潜先生的一段话：

"'人心不同，各如其面'。这不同亦正有它的作用。朋友的乐趣在相同中容易见出，朋友的益处却总在相异处才能得到。古人尝拿'如切如磋，如琢如磨'来譬喻朋友的交互影响。这譬喻实在是很恰当。玉石有瑕疵棱角，用一种器具来切磋琢磨它，它才能圆融光润，才能'成器'。人的性格也难免有瑕疵棱角，如私心、成见、骄矜、暴躁、愚昧、顽恶之类，要多受切磋琢磨，才能洗刷净尽，达到玉润珠圆的境界。朋友便是切磋琢磨的利器，与自己愈不同，摩擦愈多，切磋琢磨的影响也就愈大。这影响在思想方面最容易见出。一个人多和异己的朋友讨论，会逐渐发现自己的学说不圆满处，对方的学说有可取处，逼得不得不作进一层的思考，这样地对于学问才能鞭辟入里。"

● 去投入和做到

相比以言语说服，"做好"是一种更温和也更令人信服的力量。当人在自己认可的事情上充分投入，并因此感到快乐、充实，会自然而然地感染和影响到身边的人。

● 懂得适可而止

可以真诚地分享、建议和规劝，但要懂得适可而止。每个人有自己的节奏，不要去强行干预和打破。就像孔子的那一句"忠告而善道之，不可则止，毋自辱焉"，表达之后如果"不可"，说明时机并不合适，这时如果不知道"止"，容易演化成一种基于是非和输赢的对立，伤到彼此的感情。

● 不强求一致

当纠结于他人和自己的某些不一致时，可以想一想对我们而言最重要的是什么，是让对方变得和自己一样，还是为了让彼此都自在而快乐？（这一点在我们和长辈的相处中比较重要。他们的观点和习惯往往来自长年的积累，也构成了他们世界中的规则和安全感。有一些我们认为的"对"的方式，对于他们可能不是那个最好的选择。我们可以试着多一些理解和温柔，我们认为的"好"对于他们而言未必是真正的好，不一致也不代表着不能好好相处。）

● 收下真心

　　《列子》中有一个故事：宋国有一位农夫，冬天御寒时穿的是以乱麻为絮的衣裳，从来也不知道这世上有暖室和棉袄皮袍。到了春天耕作时，阳光从背后晒下来，让他觉得很暖很舒服，于是他和妻子说，要把这么好的事情告诉给君主，一定会得到奖赏。

　　后来这个故事被化作了"野叟献曝"的成语，用来表达一种可能很微薄、浅陋但出于至诚的贡献和分享——我们没有将重点放在农人的局限上，是因为知道，更应该被看重的，是他在那一刻里的真心。

　　也许一些来自他人的建议和分享，与我们的境况并不相符，可以不要纠结在其上，越过它们，去看到和感谢那一颗真心。

念头浓者，自待厚待人亦厚，处处皆厚；念头淡者，自待薄待人亦薄，事事皆薄。故君子居常嗜好，不可太浓艳亦不宜太枯寂。

——《菜根谭》

傳統

那些曾让前人们快乐和宽慰的事
也自然地持有在此时的我们手中

诗书笔墨，宗教哲学，以及各样的技艺和热
爱，它们之所以留存并传序不息，是因为其
中承载了人类共有的需索和默契。它们在时
空中闪光，只待我们经由不同途径，去相见
与取用。

它们会化作此刻的滋养和鲜活，并经由此
刻，继续生长着。

对巴赫的爱，
和对王羲之的没差

高善瑜　新媒体编辑

这部分的内容中，被访者分享了她经由写字所得到的一些重要体验。就如她所说，有些东西除非亲自去做，语言是无论如何也没有办法充分表达的。对她的所得，我们尽可能进行了提问和描述，也愿我们都身体力行于生活的各处，去真实地经历和体味。古往今来，无论中西，都不只限于头脑的知道和想象。

01. 您是做什么的？

我是新媒体编辑，以产出内容为生。记得大学的时候，新媒体行业开始兴起，这些年里，眼见着它长成了与我们的生活关系极为密切的一部分。媒介一直在变，但我始终觉得它们所承托的那些内容本身才是最核心的东西。

02. 您为什么学写字？

我初中的时候，有一天晚上在家里和爸爸妈妈一起看电视，看到了林曦老师在一个节目上讲写字。那时候她说到《兰亭序》里的一个"茂"字，说笔画和笔画之间是有照应的，上一笔的笔势决定了下一笔的样子，笔笔生发，有一些很鲜活而微妙的东西发生在暗中，并没有显露在外面。

《兰亭序》里的"茂"字

我小时候学过写字，教课的爷爷说得很少，通常就是把着你的手写，或让你照着模仿，写对就行。所以一直以来我对书法的了解都停留在表面，但也总觉得这件事应该不是这么简单。

那时候听她那么讲，有点被触动，突然觉得这些字的后面，好像还藏着很多东西。

在那个节目里，林老师说古人写字很重视用笔的方法和功夫，即便是一条很细或者完成速度很快的线条，也是有质量的，不会轻率、潦草。十年后我跟着她学写字，说到线条的质量，她打了一个比喻，说即便最细小的笔画末端，也要可以站得住一只大象，这和当时节目中表达的，是同一个意思。

那时在节目上，林老师建议说如果想要学写字，可以从练习"中锋"线条开始，那是一个最基本但又很有难度的笔法：通过软软的笔毛，在行笔中找到一种"提按间的平衡"，才可以让笔下的线条浑圆饱满，富有活力。她说那是一种很微妙的手感。

因为很想体会一下那种感觉，那段时间我每天中午放学就回家写横线条。经常写到没时间吃饭，就在出门前十分钟把所有的菜都倒在一个大碗里面，和米饭拌拌，三两口吃完跑去学校。那个时候对于"中锋"的好奇，应该就是我真正开始写字的起因。

03. 所以那是一种什么样的感觉？

小时候写了很长时间，都处在一种不对的状态中。

要么是上提得太多，笔毛在纸上划拉，就好像柳条拂过湖面，就那样轻轻地擦过去了，没有力度，写出来的线条是飘忽虚软的，留不住的感觉。要么就是往下按的力量多了，线条比较笨和死，墨也会洇开。就这样持续了小几个月，有点像误打误撞，有一天它突然就来了。

那种既是下按又是上提的感觉，非常具体和直接——手在上提的时候，同时存在一个往下的力，在往下按的时候，那个往上的力也一直伴随着。它们是矛盾的两极，却又没有分离，而是在笔毫的进行中，不断地相互作用，然后达到了一种动态的平衡。在那种平衡里，笔下的线条也随之浑圆饱满，有了筋骨血肉一样。在那一刻，一切都同时发生了，眼睛里看到的笔画，手上的感觉，都同时在和你说：对了对了。

我曾经和朋友比喻，说当时就好像是"有羽毛飘落到手上"。但如果没有写过，那种感觉真的是很难形容清楚。总之写出那笔中锋①，对于我来说一直都是一件很重要的事情。

04. 为什么?

可能是因为从小到大，我就是个做事有点不太留余地的人，有很任性甚至激烈的一面。所以，"过犹不及""物极必反""月盈则亏"之类的老道理，是我听得最多的话。

后来稍微长大一些，看《红楼梦》，看《百年孤独》，都会看到在不同时代、不同地域、不同作者的描述里，越是繁盛荣华的景象，越是某种衰败临近的暗示。对此自己似乎也有着一些模糊的感受，比如小时候去游乐场，玩得越高兴，回家以后就越失落。就会隐约觉着，找到那个两极之间的平衡，可能是一件很重要的事。但因为没有真切的体会，这种对它的理解，就一直都停留在字面意义上。

但写出中锋的那一刻，我突然体会到这种"平衡"不再是一个抽象的存在，它非常真实，就在指掌之间。找到这种平衡，才能写出一个有质量的笔画，那么总是处于各种偏倚中的人，也需要在其中做到不偏不倚，有所中正，才能待得舒服，或者把事情做好吧。由此觉得那些老话原来是恳切的。

记得霍金一直在试图找到一个理论，它可以解释这个世界上所有事物运行的规律。不管是四季流转，星辰运行，还是万物荣衰。他相信在不同事物的底层，作用着一种共通的力量。可能你会笑话我想得太多，但我真的觉得写出中锋时体会到的那种"平衡"，让我相信这样的力量是存在的。就像见微可以知著，书法也隐含着天地间的许多奥秘。由中锋推及出去，许多事物虽然看上去彼此截然不同，但它们之间的关联和相通，在那一刻变得格外清晰。

---

① 　　　　　　　　　**中锋**

　　　　　　关于中锋，在第一部分"开始"中，蓝珺也分享了她的经验，可以回看 p013，还可以回顾第六章"通会"。这里由"中锋"所获得的启发，也正是一种真切的破壁和连通。

就那一下，通过书写，我好像得到了一个很确凿的明证。有点像潜藏在宇宙深处的一些秘密被揭开了，也像有一个人和你说："看，我都跟你说了吧，就是这样的，你现在自己感受到了吧。"

那一刻的感受所带来的领悟和快乐，基本上支撑着我在后来的很多年里，即使写不好，也依然能抱着很喜欢、很愉快的心情，一直写下去。

05. 小的时候，您接受过相关传统文化的熏陶吗？

我爸爸小时候是在那种老式的家族学堂里受的启蒙，读过一些经典。后来家里发生了一些变故，他早早就出来工作了，但也一直读些书，还能写几首诗。因为要做生意，他并没有很多的时间来教我，很多的东西都是身教，无声无息的。

前段时间看《苏东坡新传》，又看到了那一首诗《洗儿戏作》："人皆养子望聪明，我被聪明误一生。但愿吾儿愚且鲁，无灾无难到公卿。"我觉得写得很好，就拍下来发到了我们家的聊天群中。我妈妈看到后说，那么多年了，你爸把这首诗抄在纸上，贴在电脑桌旁边，你和你弟弟从小就在那儿玩电脑，都没有看见吗？

我一下就想起来了，以前我和我弟天天中午、晚上都在那儿争夺那个电脑，他玩游戏，我登 QQ 聊天之类的。在那个位置坐下来，一转头，左手边的墙上就贴着那张纸，上面写着这四行诗。他们一直都是这样的，不会刻意要求我们怎么样，有时也会发感慨，但并没有一种"我要教导你"的姿态。

06. 分享一下您喜欢的书家或碑帖吧。

没有"最"喜欢的，但有意义特别的，比如颜真卿的《争座位帖》。

写它时是在一个很平常的冬天的晚上。虽然行家对这个帖有着很高的评价，但当时的我欣赏不来，也看不明白，就抱着一种日常练习的心情开始临写。

跟随着原帖的笔画轨迹运笔，写过一两行后，我渐渐跟上了它的节奏。随之而来的是随着书写推进而变得清晰的一种感觉：书家在这里有一点点紧张，在那里是高兴放松的，或者在某一个地方情绪比较强烈……这些感受，随着手用力的方式、肌肉的运动，还有书写的速度，连接到了一起，由此我产生了一种强烈的"进入"的感觉。

很多写字的人都知道姜夔的一句话："余尝历观古之名书，无不点画振动，如见其挥运之时。"意思是在看那些大家的书法时，就好像身处在书家书写的当时，看到了他运笔挥洒的那一刻，那些点画都是活的。

我一直都不明白，那是怎么样的一种"看到"和"振动"。但那个时候我知道了，那不是看到，而是感受。越过了那个二维的平面，我在其中感受到了书家的感受。

真的非常难以形容那种触动。不是看到他写，而是如同是他在写一样。所以那天我写着写着就哭了。觉得自己很幸运，虽然人活着有时间和空间的限制，但经由书写，在漫漫的时空里，这一次，也算和颜真卿打过照面了。

07. 在写字这件事上，您对自己有什么要求吗？

我觉得书法没有一个很具体的标准。就像人永远会有自己的困惑，会在不同的时候遇到不同的问题和感悟。

写字的人在不同的阶段中，会写出不同的字，也会从字里获得不同的东西。字是人的状态的体现，它随着人生而发展，没有止境。所以我觉得如果要写字，基本上就是做好一辈子的准备了。

08. 除了写字，您还对什么事有兴趣呢？

高中有一段时间很喜欢听昆曲，它们真是非常地雅致。

有一句印象很深，是单雯唱的《牡丹亭》中"惊梦·山坡羊"一出的开头："没乱里，春情难遣"。那整一句都很好听，每一个字也都好听，并且她唱出来的那种感觉，跟那个字本身的意象非常近。

比如说"没乱里",你听她唱的时候，就会真的觉得有一种面对动乱的惊惶。到了"春情难谴"的时候，音调一下子变得比较低，很温柔缠绵。而其中那个"春"字又会高一些，我都会忍不住去想象她的嘴形，就不知道她怎么能把"春"字发得那么像春天，那么贴切，那么内含着却又蓬勃外露。我听的昆曲不多，但在我听过的那些曲子里，它真是很好听的了。

我也听西方的古典乐，巴赫的法国组曲陪伴过我很多的时间，我总把它用作背景音乐，循环地播放。巴赫的音乐总是让人想起神、宇宙、诸如一些埋藏于自然深处的力量和节奏，但法国组曲却有难得的轻松，它是一个愉快、温柔、和煦的巴赫，听来有一种"啊，人间真好"的感觉，于是会有些偏爱。

09. 作为"90后"，您有一些比较"年轻"的爱好吗？

比如2018年和2019年的时候我在追星，喜欢易烊千玺，一个"00后"的小朋友。但我是那种"一毛不拔"的追法，不执着要见到这个人，也不沉迷收集周边，就是看他的各种视频，逢人就推荐和夸赞。

起因是看到了他的一张在机场拍的照片，发现早年那个在组合里最不起眼还有点丑丑的小男孩，已经变成了一个棱角分明、有着很深邃眼睛的很好看的少年，那一下子有点被冲击到。开始关注他之后，发现他和这个年纪的男孩不太一样，话很少，特别地沉默。

年少成名，被镜头长久地注视、记录着成长，一定有觉得压抑的时候，也不像同龄人，有轻快与自由。但越是这样，反而越让他的沉默有千钧力量。会觉得他不是无话可说，而是因为内心有太多丰沛的情感，就像平静的海面底下，其实有深流。所以后来看他参演的电影，一点也不意外于他的感受力那么地好。大概许多感受与情绪，他一直都存留在身体里，慢慢地，变成了

易烊千玺的画片曾经在办公桌上摆了一阵子

他的一种力量。

有一次看他的一个采访，他去丹麦，别人问他的感受，他说："北欧十度以内的风隔着十小时以上的时差吹在脸上。"我当时惊讶于他会有这么文学性的表述。原来在荧幕外，他一直很敏感温柔地伸出触角，用自己的方式在感受着这个世界，会觉得动人。

10. 您怎么看待"传统"这个概念呢？

对我而言这个概念其实不太存在。比如有些东西被定义成传统，有一个原因可能是在时间线上它们出现得比较早，但我们也许可以换一种角度来看待它们。

比如有本书叫《时间的故事》，讲到世界上不同地方的人对时间的观念是不一样的，甚至有些人会觉得未来在眼前，过去在身后。他说为什么我们不可以换过来想呢：对于人类而言，繁衍到现在，活在时间线后端的我们才是这个族群中的老人，以前的人就好像我们的小时候。小时候的东西，难道不正该是经验中的一部分吗？我们是很难另起炉灶，说以前的都不管不要了的。

我喜欢巴赫，也喜欢当代那些了不起的作家们比如阿摩司·奥兹或者格雷厄姆·格林，这种感情和我对颜真卿、王羲之的热爱并没有什么区别。从一个更宏观的角度来说，有一些东西，无论中西古今，都同时散落在时空里，我们去学习，去取用，是因为喜欢，觉得它们很好，与它们是不是"传统"无关。

人总是会去喜欢那些自己早已认同的东西。从看世界到看生活，对我们而言，很多东西可能早就存在了，只是有些还没有萌发，或者只有浅浅一层的感知。在同样的角度里，以前的人已经在想和做的都很深入，于是经由他们，我们可以更深地去学习和体验。有的时候，一些相通和相知会由此发生，就像那一次写《争座位帖》，那是一些会打破人的肉身局限的时刻，让人体验到在现有生命维度之外的一些东西。

所以我虽然也写字，也听曲儿，但从来没有觉得自己很"传统"。只是觉得很感谢。谢谢他们留下了这些，谢谢它们是这样的，对我很有帮助，在很多时候给我带来了快乐和安慰。

11. 在您身边，像您这样的人多吗?

我也不知道。我想就像我不会去跟人说自己花了多少时间去写字或者读书一样，真正喜欢这些东西的人不会把它们当成一种装点，或者是展示自己的某种说明。我觉得这个年代里人无论喜欢什么都还蛮正常的，这样多元的一个世界，大家什么没见过，易烊千玺还盘核桃呢。

12. 再随便和我们说点什么吧。

记得有一次看邱振中老师的《神居何所》，他在里面讲到了八大山人的字。其中说到他的《送李愿归盘谷序》，有一段比喻，真是太生动、贴切了："笔触稍细，作品疏淡灵动，大部分字结构匀称安谧，少数被夸张的空间显得特别突出，像是长长的步道上几处突然出现的空场，留下的明亮让人难以忘怀。"

《送李愿归盘谷序》
清·八大山人

"谢谢他们留下了这些，谢谢它们是这样的，对我很有帮助，在很多时候给我带来了快乐和安慰。"

1.善瑜喜欢胭脂，这只胭脂盘中，她通常将桃红用做口红，粉红用做腮红。"比如心情特别好时，会希望面容更鲜艳些，就会在粉红中加入一点点桃红来用，总之随着心情，自己调和"
2.贴字纸的毛毡板上，有她写的"任我行"三字，一首粤语歌的歌名。她说歌词中所表达的那种放下执着，与自己和世界和解后的坦荡，让现在的自己觉得应心

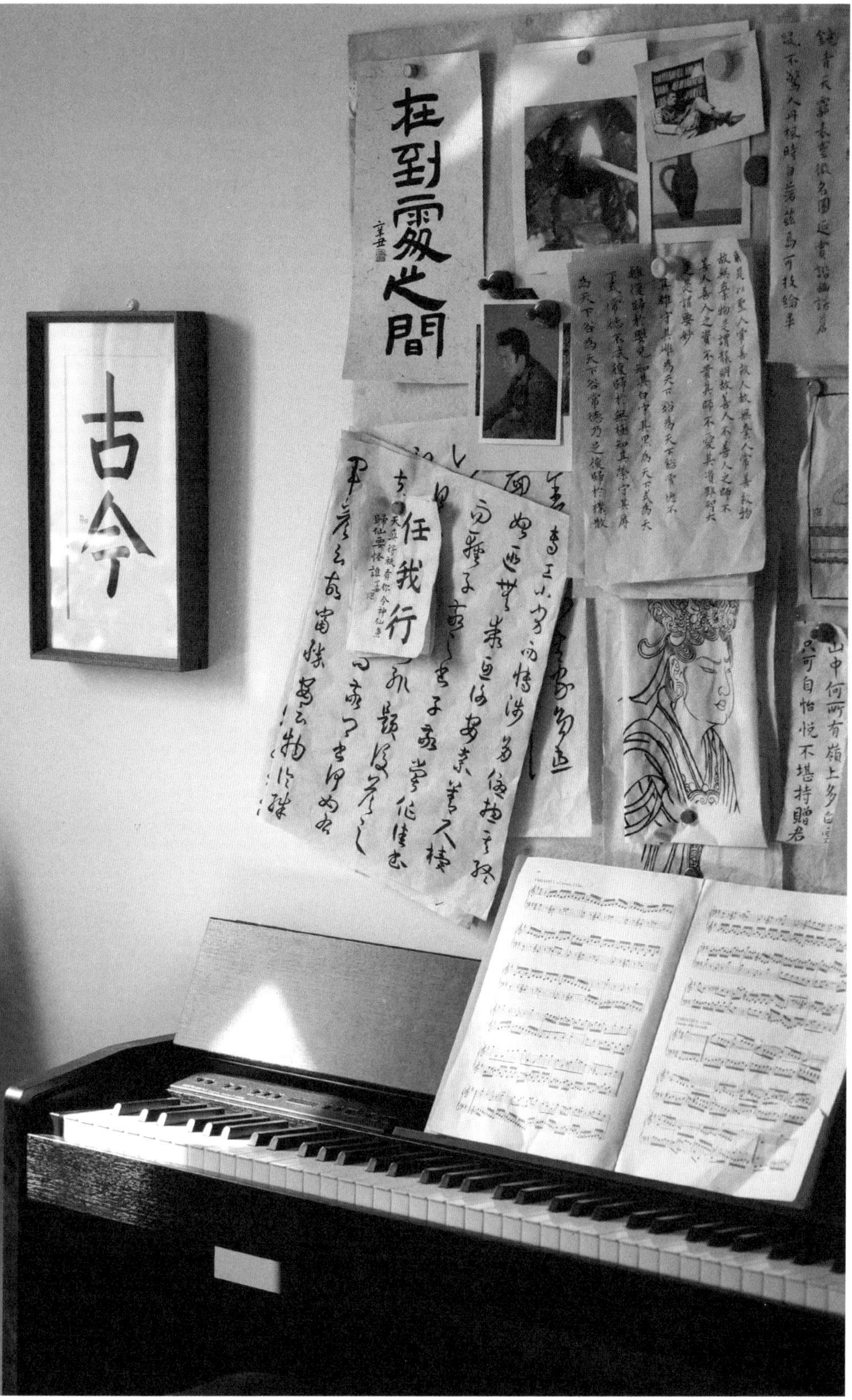
古今
任我行
山中何所有嶺上多白
只可自怡悅不堪持贈君

1. 贴在床头的警醒：醒后不沾恋 2. 送给友人的小作 3. 用小楷抄写的一首粤语歌的歌词,歌名是《在到处之间找我》 4. 用小楷抄写的古诗,南北朝时陶弘景所做的《诏问山中何所有赋诗以答》 5. 日常的练习堆放在书架架顶,下午时,夕阳会给它们罩上好看的颜色 6. 换好水盂里的清水,便觉得随时可以动笔写字,人也变得洁净清爽起来 7. 有时会把线上课的示范投影到大屏幕上来看,用笔的细节格外清晰 8.《哥德堡变奏曲》一直是善瑜最喜欢的钢琴曲。她说个中的一些微妙高明,弹奏的人才能体会,这一点和书法一样

"墨池的名字真好，书桌上的小池塘"

因为临写它，
她有过一次真实的"穿越"。

——《争座位帖》局部
唐·颜真卿

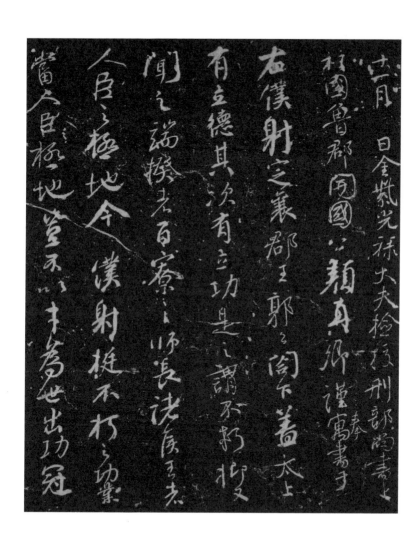

在书房中

更多在当下中的传统

白 鹿
金融业从业者

除了写字，看推理小说也是我的爱好，推荐岛田庄司的作品。他是本格派推理，非常纯粹的逻辑推理，破解不可能犯罪，比如《占星术杀人魔法》，推荐新星出版社出的系列。烦躁的时候，我喜欢做重复性高的折纸、画画、填色一类的活动，也喜欢试试新事物，最近喜欢去唱迷你 KTV 和抓娃娃。阶段性的，我会追追喜欢的明星。

有人说学书法难道不应该"仙风道骨"吗，没想到你还追星？

我特别怕写字变成一件看起来"仙风道骨"的事。不是说它不能做得特别认真和雅致，而是学习书法、学习传统并不是为了不食人间烟火，反而是为了让人活得更有滋味和乐趣。并且那些字和画，本身也来源于生活，想想那些著名书法作品，很多都是作者当时写的书信、便条，实体版的短信，非常生活。

传统和有生气的生活并不对立，写着字，我依然可以阶段性地当"迷妹"。

王 浦
财务总监

他们有一天肯定会理解
我表弟结婚的时候，我给他写了一幅字。

那是我的第一幅作品。表弟名字里有个聪字，他太太名字里有个"琴"字，我就写了"琴音聪慧，皆大欢喜"八个字送给他们。"皆大欢喜"是《金刚经》里的最后一句话，当时老师正好讲到这个，我就按照千字文的风格，练了大概十遍，挑选了一幅觉得好的，装裱起来送给他们。

当时我妈觉得"皆大欢喜"这四个字俗，我和她讲这是一个很好的意思，代表了一种圆满的状态。我觉得我表弟他们有一天肯定能理解的。

小 伍
艺人宣传总监

接受自己是个"气质混搭"的人

我曾经特别困惑，自己为什么没有一种比较稳定的审美癖好，一直摆荡在两极之间。喜欢摇滚，但也不妨碍我去学古筝；喜欢时髦的东西，但和我喜欢写字、画画不相悖；对悲剧美心向往之，但又是一个特别积极向上的人。但现在这些已经都不是问题，我已经全盘接受自己是个"气质混搭"的人了。

赵 瑜
家具设计师

传统是一种心意相通

我想，那些真正留下来的也打动着人的东西，内里都有一种让人由此产生的共鸣，承载这种心意的物质在不断变迁，但那种心意相通的感觉就是我所理解的传统，从来没有变过。

志 群
家庭主妇

下班回去练练字挺好

传统里，人们敬惜字纸，我在乡下还见过专门烧字纸的惜字塔。前年搬家，我把几年存下来的小山一样的作业丢下了，搬家的小哥一直念叨"可惜了"，还问了好多写字的事。后来我拿了一套笔墨和一本《妙严寺记》送给他，他说下班回去练练字挺好。

王 敬
全职妈妈

想起《奉橘帖》，还有南方的冬天

吃橘子的时候，经常想到我们写的《奉橘帖》。

以前南方取暖都是烧铁炉子，那是我们冬天的日常。铁炉子上面有一个搪瓷茶缸，放学回到家的时候，最先闻到的就是茶缸里飘出来的茶香。有的时候有茉莉花，有的时候就是绿茶。喝上一口，

《奉橘帖》

再吃饭，吃完饭就会吃橘子。橘子吃完了，皮是不会扔的，自然地放在铁炉子上面，等它烤干，也不知道妈妈会拿它来干什么。铁炉子下面还有一个盒子，专门接烧完的煤灰，爸爸会把红薯洗干净埋在灰里，过几个小时，外层烤焦了，里面还是嫩嫩的。

吃小肥羊吃得心满意足，然后擦擦嘴，洗了手，坐到书桌跟前，铺开一张纸，蘸上墨，写个感谢朋友的回帖——这是五代的杨凝式在某年农历七月十一午后的幸福，也是我这几周临这个手札②，写一遍体会一遍来自古人的幸福的幸福。

Lucy
文化公司部门主管

不特别

关于我学写字的暗桐教室，我想不出特别的一件事，我只是习惯了茶歇时的那些点心，点心边上的花儿。还有冬天中午吃了饭去上课，一进门会看到已经有同学坐在自己的位子上看书了，后背晒着太阳，整个气息是那么地舒服。还有同学们的作业贴一墙的时候，放完假同学回来再见面的时候，这些场景画面都一直在我心里。

蔡 蔡
广告监制

在此刻，体会来自古人的幸福的幸福

白天睡了一觉，起来觉得肚子好饿，这时候正好有好朋友送来韭花，就着

桃 子
书籍设计师

我们安安静静说着我们喜欢的事

我和先生一起上下班，他开车，我坐旁边。堵车的时候，我就给他讲课堂上老师讲给我们的内容。我们读《金刚经》《道德经》，一起背《阴符经》，他背不上来的时候，就让我别提示那一句，而是把那一段都完整地念一遍给他听。

堵车的路上，有时骄阳似火，有时阴雨连绵，我们安安静静说着我们喜欢的事，外界的阴晴圆缺，人车的熙熙攘攘，都和我们无关了，是两个世界。

五代·杨凝式《韭花帖》

林曦老师用一方小笺将儿子所做的一首诗写出

② **手札**

　　古人亲手写的书信、便条。大都关于寻常问候、自己行止坐卧的告知、一些礼赠、叮嘱等等。通过这些留存，我们可以见到昔日人们的一些生活的样子，还有他们在其中的心意和心情。

　　比如王羲之送橘子给他人时所写的"奉橘三百枚，霜未降，未可多得"。文彭约好友相聚看画品茶，说："雨窗无事，思石翁册叶一看。有兴过我，试惠泉新茶，何如？"还有杨凝式的《韭花帖》，写一次午睡醒来后的"下午茶"，那时他肚子正饿，收到好友送来的韭菜花配小羊肉，饱餐后觉得太过幸福，于是写信给友人致谢。现在看那幅字，都能从那一字一顿中体会出饱足和自得的意味来。

　　现今我们不必用手写的方式来记录和传递信息，但在一些时刻中，很适合重拾这样的方式。比如送礼物时写下传递好意的卡片字条；存茶泡酒时写下记录品类和时间的标签；年节时为自己写一些应心的词句，或就是兴致来的时候记下的心情、抄下的诗词。我们可以用这种更慢也更能倾注情意的方式，让一些事变得更温暖，也更有趣。

❤ 也许和你有关

● "此间有什么歇不得处？"

2020 年的春节，新冠肺炎疫情蔓延，整个节日和之后的数月，人们停止了绝大部分的外出与交游，闭关自处成了当时最为普遍的情况。暄桐教室的课程也暂停并后延了。

不能上课的时间里，林曦老师在微信群中与同学们做课业上的交流，也分享一些书籍，和同学共读。

其中有一本《东坡志林》，收录了苏东坡所写的一些杂说史论，有许多信笔而来的短章，都是生活日常中的故事和心得。她觉得很好，就选取了一些，为同学做讲解和转译。

其中一则"记游松风亭"，是她尤其想要分享的：

"余尝寓居惠州嘉祐寺，纵步松风亭下。足力疲乏，思欲就林止息。望亭宇尚在木末，意谓是如何得到？良久，忽曰：'此间有什么歇不得处？'

"由是如挂钩之鱼，忽得解脱。若人悟此，虽兵阵相接，鼓声如雷霆，进则死敌，退则死法，当怎么时也不妨熟歇。"

说的是苏东坡谪居惠州时，有一次步行去松风亭的小事。他走得累了，就想到了亭子就休息。望着亭子还很远，于是又觉得这要什么时候才能到啊。纠结良久，他突然觉得：为什么非要到亭子那里才能歇息，当下这里，有什么歇不得呢？

他说，这样的顿悟，就好像挂钩的鱼忽然得到解脱，重逢了生机。

除了进退不得的纠结茫然，还有一种选择是"就地坐下"。在那则小文中，苏东坡说如果人能明白这点，即便面对喧嚣的外界，即便似有催逼，人仍然有自我主动的选择。可以暂且放下，就在此刻里"熟歇"，不把自己置于穷途末路或焦灼不安的境况中。

那时每天都有许多关于疫情的消息传来。伤心的事重重叠叠，真假难言也牵动人心。人们疲于关心，自身也是脆弱的所在，更有喧桐的同学身在疫情中心城市，或身在医务的一线，背负着更大的压力。于是在课业讲解之余，林曦老师以这段小文为引，希望给彼此一些宽慰与建议。

她觉得在那刻的状况中，人在心有余力不足时，苏东坡的"熟歇"是一种很好的应对选项。在立场局限且还缺乏公共能力的时候，更多的声音往往无济于事，甚至带来更多的恐慌和混乱。"多言数穷，不如守中"，她建议将这段闭门不出的时间作为一个练习用功的契机，比如就地书写，就地与身边的人好好相处，就地埋头做好自己能做的那一些事。因为情绪的涌动带来消耗和涣散，而力所能及的行动则最节约精神，也最容易有所达成。

也有同学问，那是否是一种"不闻窗外事"的偏安。

她答越是在纷乱中，人便越需要找回内心的平衡，当自己心落定于一处，不随着外界的"鼓声"而偏移震动，更有助于澄清思绪，有助于力量的回归和蓄积。稳定而不涣散的状态，对自己、对他人、对事情，都是必要而有益的。

"不要成为纷乱中更纷乱的，要成为纷乱中的定静。定静才过得好当下，那是处理'无常'的前提。"在之后，林曦老师写了一封给同学的信，在其中，她这样说。因为觉得"熟歇"二字的意涵实在很好，她又认真地将它们书写出来，分享给同学，用以共勉。

那一段时间，同学群中的讨论和交流一直在继续。那些声音里有对疫情的关心，有相互的问顾和帮助，也有困惑和担忧。另一部分讨论则是更为日常和持续的存在：关于手头的功课、正在临习着的碑帖、读书的心得。

有一位同学说，那时关于疫情的消息令人焦虑和慌张，无法开工，大部分的日常事都无法再做，世界的停滞好像被一个休止符无限延长，也因此知道情况是惨烈的。但在那个同学群中，又存在着一个和疫情全无纠缠的状态。她说那就好像多了一种选择："只要选择投身进去，便可以把精力收回到自己案头，就觉得，只需要静静地做事，静静等着这纷乱的世界过去就好。"

两个世界都同时存在。彼此都没有离开雷声大作的那一个，但雷声中，也另有一种安然。

避无可避的外在承担中，无论在现实还是在心境中，都会有一些所在，让人可以卸下些重负，就地熟歇——九百多年前的人在行路途中的悟得，在当下产生了共鸣。

● 活泼泼的传统

谈到传统这个词，容易让人感觉到一种陈旧或遥远。它似乎只是一个概念，或是一些"样子"，与当下生活有所隔阂。但就如那一册《东坡志林》，往昔岁月中，人们留下的踪迹里，我们能找到它极为真实生动的样子，有困惑、有追寻、有落实，血肉鲜活。

苏东坡悟得的"熟歇"是极为中国的智慧，在中国传统文人的生活态度中，那是一种精髓所在。而这样的思维，也并非我们独有，从禅宗到现代心理学领域，都在强调着这种扯脱和安放的能力。说那是传统可以，说那是一种共有的需求和默契，也并非不恰当。

人的一生中要面对的各样的问题，从生老病死、爱恨情仇，到各样的追问和探寻，无不被前人所经历。在无数次思虑、践行和理解之后，一些有效的省悟和经验留下来，它们犹如关于生活的使用说明，可以冲开淤积的良药，以及给人带来快乐与抚慰的事体，得以一直被使用着。

因为扎根于世世代代的人们的生活，于是它们会生长会变化，并随着每一个阶段的体用，作用出新的面貌来。就像那一出评剧《乾坤带》，20世纪50年代时是新凤霞先生的代表作，她曾在传统的戏台上，装扮齐整地演绎着它，到了2018年，其中的段落又被德云社的相声演员张云雷唱响。那老调子被台下的年轻观众齐声应喝，他们举着灯牌，这场景与往初的面貌已然不同，但那门技艺和其中的内蕴，却随着一脉新枝，继续鲜活。一位观众说，只觉得唱腔有韵味，一听进去，就理解了为什么旧时候人们听戏会听得摇头晃脑，再深究，发现说的故事也好，古人对事的方式也好，都让人受用和折服③。

对于那些年深日久的存在，很多受益的人都抱以一种平等的态度，有一种"它原本就该为我所用"的认知。比如画家卢西安·弗洛伊德。他说自己每次去一个艺术画廊看画，"就像去医生那儿看病一样，是去启发自己的思维——那边可以这么改一改。用这种方式去画就对了"。此时传统更完全不必处于一种傲岸又老气的状态中了，一切都更为亲近而理所应当。

所以谈起传统，我们大约是不能以一张画、一杯茶、一身衣服来定义的，但可以说，人以它们为一种日常或方法，在其中得到益处、体味到乐趣和安然的生活方式是传统的。比起某种样式，传统更接近一种

---

③　　　《乾坤带》中的一段

《乾坤带》中有一段唱词，讲了在楚庄王为功臣设下的太平宴上，夜里狂风刮过，灯烛熄灭，喝多了的小将唐狡借着酒势，拉住敬酒的许娘娘的衣袖轻薄。许娘娘摘下了唐狡的冠缨，将此事告诉了庄王，庄王则命群臣都摘去自己的冠缨，饮酒后再重新掌灯，放过了唐狡，也保全了他的颜面。之后庄王伐郑，唐狡在战场上倾力相保。

价值的倾向，会经由一些具体的东西与生活相接，比如在中国，一些技艺如"写字"，可以长久取用，一些心法如"熟歇"，一直给人启发。

晋代的时候，王羲之说，"虽事殊世异，所以兴怀，其致一也"，故事不同，时代也会变化，但人的一些情感志趣，却是相同的。无论这些相同是否如柏拉图的见解，是早已写定在我们灵魂深处的东西，但它们的确是跨越了时空。就像在此刻，我们采访过的这些人，无不以一种摩登的样貌投入在当下的生活里，那些曾让古人们快乐和宽慰的事，也自然地持有在此时的手中。

曾有暄桐的同学分享过一张照片，在一片热带林木前，她和在那儿临写的《九成宫》作业留影，并写道："非洲八日，颠簸的路途。"我们看过很多写字的人的笔墨桌案，有的窗外是一片极光，有的一侧摆着工作的电脑，有的架笔墨于北方的暖炕之上，也常有四季花枝掩映的文房一隅，还有那些古画中可寻的许多昔日人们的案头，或素简，或琳琅。时间让事殊世异，但在一些人的生活里，笔墨始终是寻常而持久的存在，他们亦因此共有了苏东坡的"熟歇"，以及等等的快慰与体悟。

不论琴棋书画诗酒花，传统正是在这样的日常相融和受用里有了生机，历久弥新，活泼泼的。

虽事殊世异，所以兴怀，其致一也。

——王羲之

一九八九記

若見諸相非相則見

居

我見黃河水
凡俚貳度清
水流如激箭
歸源知自性
自性即如來
任運堂試張

事語諸仁者
仁以何為懷
渡河須是

語從直直語
無背面著看
以是人悲心真
事對面說破
世狂癡半有
寒山出此語舉
居士詩兩卷

業塵愛為煩惱
阮輪迴豈許
勃不解了元明
書寒山子龐
語錄題

慶中秋此月明不知何處亦
羣英應憐絕學經千載
莫負昌兒過一生影響猶
疑朱仲晦支離芳作鄭康成
鏗然舍瑟春風里點也雖狂
得我情
錄陽明詩靜聞

晉也

咽不堪

聞

生歡喜心

樂 長 生

天地玄黄宇宙洪荒日月
盈昃辰宿列張寒來暑往
秋收冬藏閏餘成歲律呂
調陽雲騰致雨露結為霜
金生麗水玉出崑崗劍號
巨闕珠稱夜光果珍李柰
菜重芥薑海鹹河淡鱗潛
羽翔龍師火帝鳥官人皇
始制文字乃服衣裳推位
讓國有虞陶唐弔民伐罪
周發殷湯坐朝問道垂拱
平章愛育黎首臣伏戎羌
遐邇壹體率賓歸王鳴鳳
在樹白駒食場化被草
木賴及萬方蓋此身髮四
五常恭惟鞠養豈敢毀傷
女慕貞潔男效才良知

知老之將至及其所之既倦情
隨事遷感慨係之矣向之所
欣俛仰之間以為陳迹猶不
能不以之興懷況修短隨化終
期於盡古人云死生亦大矣
不痛哉每攬昔人興感之由
若合一契未嘗不臨文嗟悼不
能喻之於懷固知一死生為虛
誕齊彭殤為妄作後之視今
亦由今之視昔悲夫故列
敘時人錄其所述雖世殊事
異所以興懷其致一也後之攬
者亦將有感於斯文

永和九年歲在癸丑暮春之初會
于會稽山陰之蘭亭修禊事
也群賢畢至少長咸集此地
有崇山峻嶺茂林修竹又有清流激
湍映帶左右引以為流觴曲水
列坐其次雖無絲竹管絃之
盛一觴一詠亦足以暢敘幽情
是日也天朗氣清惠風和暢仰
觀宇宙之大俯察品類之盛
所以遊目騁懷足以極視聽之
娛信可樂也夫人之相與俯仰
一世或取諸懷抱悟言一室之內
或因寄所託放浪形骸之外雖
趣舍萬殊靜躁不同當其欣
於所遇暫得於己快然自足不
知老之將至及其所之既倦情
隨事遷感慨係之矣向之所
欣俛仰之間以為陳迹猶不
能不以之興懷況修短隨化隨終
期於盡古人云死生亦大矣
不痛哉每攬昔人興感之由
若合一契未嘗不臨文嗟悼不
能喻之於懷固知一死生為虛
誕齊彭殤為妄作後之視今
亦由今之視昔悲夫故列
敘時人錄其所述雖世殊事
異所以興懷其致一也後之攬
者亦將有感於斯文 虞

賢啓多日不相見誠以思
盈吳辰列張寒來暑注
在家武聽見過此何來俯偏
俗士淳可與之論推色帝
相見不宣

學正足下
俯再拜
廿九日
蔣陵

簡雨

257

谢谢暄桐同学的分享。

也谢谢书法这件事，让我们在其中游玩，长进，观照，休憩，有知音做伴，也因此而心意相通着。

随着小林老师
一起悠游

王恺

书法于我，很大程度是博物馆里的美丽展品。还记得自己趴在上海博物馆的展柜前，看王宠的那些蝇头小楷痴迷的样子，也记得在西安碑林博物馆隔着玻璃抚摸那些古碑的激动，但真的是没有进入这个世界。最近看爱马仕的首席调香师艾列纳在20世纪80年代到中国游览的笔记，里面提到了他在外交公寓看到的悬挂在房间的书法："其中一幅虏获我心，让我感动到热泪盈眶。我看不懂那些符号，自然无法明白其意，但那墨黑色泽、雄浑和遒劲的笔画、连绵回绕的字形及散发出来的律动感，令我倾倒。"

我和他一样，代表着有向美之心的普通观众。我们都被书法的美感所打动，能感受到一幅幅书法里面运动自如的手、精神的绵延，但是，我们都忽略了书法中最关键的一点，那就是书法与古人生活的联系。严格地说，古人传世的书法作品，很少有专门作为技巧的炫耀，书法本身就是其生活的组成部分，用一支神奇的毛笔记录自己生活中的种种细节，喜怒哀乐，日常琐屑。不过，再如何美的笔迹路线，也没有脱离生活的日常：送礼、请客、买药、吃饭、恋爱、离别，都是靠纸与笔记录。

恰恰是这点最基本的书法基因，在书写的实用价值不再的当下，常被忽略。书法也越变越成为所谓的高尚"艺术"领域的东西。美院的书法系是以培养专门的美术人才为主的，书法教育进入了"平面设计"领域，寻求的是艺术领域的突破，普通人难以得其门而入。我们以为书法教育趋冷，但只要一搜索，中国大陆的书法教育丝毫不寂寞，林曦的书法教育体系则可算是其中的一股清流。

她的起步真的很单纯。我和她认识早，知道她是个爱玩的人，那时候她住在草场地的工作室里，大屋子外面就是一排北方区域少见的竹林，每天清晨的光影映在玻璃窗上，极为优美；屋子里，有她的新水墨作品，有各种好茶，还有从徽州收来的古墨，专门定做的毛笔，我笑称她为"国宝"。早在国风流行前，古典的清流就包围着她，她是个内心极为古典的人。林曦也说，自己是个传统的人，外表的时髦，并不能改变内心的传统体系，包括她的人生观、价值观。比如她一直觉得身外之物不长久，真正长久的是自己的内心，人要向内求，养心，修身，学问和经历慢慢在内心沉淀，才能形成一个完整的自我，有了自我，才能抵抗外界的风雨。

这是标准的古人之态，在焦躁的时间之河里，无外求一个内心安静。

回到书法教学这个事，很多人一说到书法，都觉得跟着法帖就能学，但其实如果有系统地前进，往往更为持久，收获也更多。开始的时候，林曦也没有把书法的教学计划得多完整，只是和几个同好朋友一起读书写字，把自己的经验分享给大家。

她的核心经验就是，静坐、读书、写字。这实际上是她多年摸索的一套方法，能让自己很快安静下来。她说自己少时读徐复观，有个观点让她印象深刻，中国人的艺术，是"为了生活而艺术"。不能仅仅把书法看成美学设计，书法本身有韵律，有文字的内容，有自然流淌的部分。现在以最时髦的"心流"去揣测书法，颇能对应上。

艺术在古典文人身上，是修身的法门。比如苏东坡，不管境遇如何，始终靠艺术来维持自己的身心稳定——一次次修改自己的"源代码"，去与世界沟通对话。这种古人通达心境的获得，并不是不可习得，恰恰相反，是可以学会的，所以她开始和朋友分享的时候，目的很简单，让自己受益的东西，能让他人也可以感受到。

这种分享，也是她之后的书法教育的原点。打破功利的书法教育，没有结业证件，没有参加比赛的培训，没有承诺，却有能与严谨的学院体系相媲美的严肃课程，篆隶真行草的 30 个帖子的基本教学是起点。

我笑她起点正确，有点像电影《一代宗师》里的叶问到了香港，先是立下各种"不教"的牌子——当然情景迥异，体系也不尽一样，但无疑，内核还是有某种相似。她教的是"向内求"，而不是各种向外的争斗，书法无外是为了自己的心。有抱着"学了好参加书法比赛"目的的人前来，她也非常直接："我自己都没有参加过，没法教你。"

她要带领朋友们一起去领略古典书法世界的美好，静坐读书的规矩都不是乱定的，写《兰亭集序》，当然要读《世说新语》，文字里面有太多那个时代的基因和信息。"古人怎么帮助到我，今天就怎么帮助到大家"，就这样，暗桐教室起步了，一开始就报名者众，那是互联网教学还不流行的年代，但林曦因为声名在外，一间教室容纳不下那么多学生，不得不经过简历"筛查"才能进入这个体系，查的是什么？很简单，看学生们是为什么而来学习。单纯为了技艺的提升、只是为了学一个特长以展示或博取"功名"者，不在优先的范围内。

我记得那时候的暗桐教室，就在她的草场地空间。快乐、专业、清净，还记得有很多理工科的学生。不知不觉，整个教学系统从线下发展到线上，线下空间也搬到了 CBD 的写字楼中；不知不觉，已经过去十年了，学员的人数也是近百倍的增加，现在这些人和当年那些人有共性吗？

还真是有，翻开眼前这本书的小样，眼前不由出现同一批人的影子，他们很容易从人群中被辨识出来，是一群在世俗上有所阅历或功成，但内心还不够满足的人们，而以书法为一种精神的寄托。这种寄托，不是消闲，不是填空，而是寻找真正能让自己内心安稳、落定的东西。他们平时太忙碌，耗电大，到林曦这里来上书法课，是一种休憩和充电，而不是打发时间的太太群的游戏。

越忙碌，越消耗，越需要找个充电系统，成人的书法教育这个系统类似中国式的充电桩，只要写字写进去，两三个小时，瞬间即过，内心充盈。但刚开始的时候，很多人15分钟都支撑不住，学习和安住，成为这些人在这一阶段的人生目标。林曦说自己其实只是个书法王国的导游，大家认识了她，开始进来了，快乐地、认真地、一步步地进入到古老的文学系统和美学系统中。书法能帮助学识的增长，这点上，和一般的消闲体系，比如品茗，还不尽一致。

古老的体系里面藏着中国人的生命密码。书法这个中国人创造出来的唯一的表意文字的美学系统，覆盖了太多东西，一下子征服了这些刚刚闯进大门的人，哪怕刚上来的训练非常枯燥，但是这种枯燥是有所得的。林曦并不因为书法中的文学性，就放弃了书法学习的技术难度。她经常和学生说，其实和你们学习钢琴没什么区别，只是不用考级，但不用考级，往往意味着更难——因为标准都在古人那里。

从中央美术学院研究生毕业之后，林曦开始了暄桐教室这个带有浓厚个人特质的公共书法教育项目。那时面对着不同的职业选择，她很快发现，在大众中培养出真正的知音令她热情而快乐。如今在她的身份角色中，艺术家是其中最重要的一个，但除了那些水墨画作，她觉得暄桐教室也很像自己的一件"艺术作品"，只是从纸面到了生活，更为复杂和立体了。

"我不希望自己只是静静地在那里画画，等着知音来欣赏，来购买。我想做的事，就是给大家普及艺术，把中国古典艺术及其背后的哲学观、世界观普及给大家。大家组织起来去博物馆、美术馆，和古人交朋友，在古人的世界里找到知音，我尽可能地分享我的所知所得给大众。"书法的黑白世界，链接了文史哲，很多人从书法的修习进入最初的审美训练，疏密，留白，隐约看到了中国人的古老灵魂；黑白之间的趋势，变化，虚实之间的度，是极致的美学教育。很多学生在日常中做着非常实在的工作，在书法世界里，渐渐地，他们找到了与自己既往世界不同的一个美丽的世界。

她一点不觉得公众美育的推广是难题，内容具备传播性了，自然就不胫而走。她是最早使用互联网传播公共美学知识的那一批，包括后来用直播来进行书法教学，但一点都没有想到商业模式什么的，现在她也不想。

她的方法论，就是"画画"。"画画就是慢慢来，一点点，从一张白纸开始，一点点画，一点到整个全局，不用着急，不用过多设计。"

很多人来学习书法，开始还不清楚目的是什么，慢慢找到了共性，大家都是"求自在"来的，这个自在很难。第一次上课，林曦会告诉大家，先去掉自己的傲慢心，去掉约定俗成的鄙视链，不要以为自己学书法就比跳广场舞高级、比打麻将深奥，别站在鄙视链顶端，你只是进入传统文化中的重要一环——"得自在"。人只能向内求索，方能得到自在。

书法确实是得自在的方便法门，张充和在防空洞里还能写小楷，不外乎是内心安宁。

她教得也高兴，因为发现很多人喜欢中国传统文化，还没有任何功利目标，自己也找到了很多同好，就像古人说的，有同好做事就愉快，"无用之美"的概念，就是那时候开始成形的。

书法教室，一做就是十年，很多人问她怎么坚持下来的，她是真心觉得，这个就是自己的生活。没人去问别人，你是怎么生活下来的。她的工作和生活之间找不到界限，就是最简单的热情在驱使着自己。也听到过有人说她"装"，那大约是没有感同身受的体会缘故，这扎实的十年，装是怎么也装不来的。

林曦上课真的是上出"欢喜"来。这么多学生，收获最大的，她说其实还是她自己。"因为每次都换着花样讲，不同的学生，讲不同的内容，十年下来，还是真明白了不少。不能说彻底明白了书法，但是十年下来，让零基础的成年人如何学会书法，在朝夕的相对与琢磨，也长出了许多的经验与心得。对我而言，这是非常重要的长进。"这一点，倒是很多专业系统里的老师难以体会和达成的，因为所教授的学生往往都不是零基础，这完全是两种经验体系。

林曦在教学中和同学们一起求得自在："得自在是个过程，慢慢地，学生们的心力锻炼出来了。心力其实也和肌肉能力一样，不是一下子就掌握了，而是慢慢获得的。过去让自己焦虑的，现在不焦虑了，每天依然有干不完的活，处理不尽的事，但心放松了，也可以随之获得更多。"

也和大家一起寻到宝藏："我鼓励大家学书法，学文言文，寻找到古代中国的魅力，大家在文言文里看到几个字，不像过去那样无感，而能一下子应心、欢喜起来。我在做的，就是把此刻的我们和古人的整个精神宝库里连接起来，所以我一直说自己是个转译，是个桥梁，而颜真卿、王羲之这些人是我们共同的老师。"看这本书的记录，很多人做到了和古代书家交朋友，透过艺术的形式，从性情上和古人共鸣，比如看到颜真卿的绝笔，很多人在课堂流泪，也在学习《老子》《金刚经》这样的经典时，被深深启发和触动。

"其实我挺传统的，美是我传递的核心。通过书法教育，大家可以陶冶心灵，这句话怎么听起来这么熟悉，嗯，其实我小时候，老先生们就是这么教我的，我也想成为他们这样的人，去好好地诚心地践行和传递。"

但是说起来容易，其实无论书法还是绘画，教学离不开细节，眼中所见，到自己笔下所出，还有十万八千里的距离。就像张大千说过的一样："吾人每见佳画，常于细勾之后，发现自己未到之处；或在观赏古人画时，目为平凡之作，勾后始悟其精妙者，是不可不知也。"学生们大都是初入门者，往往不懂得其中的道理和谦逊，觉得看到和做到是一件事，于是那时候，课堂中林曦就会花大力气教大家"一平方毫米一平方毫米"地来做工夫。她始终觉得，审美这件事，不能留于高头讲章和空头议论，而是在一点点操作、练习、训练中抵达的。心手合一，知行合一，才能有累积，有进步，但这个进步本身又不是根本，在磨练技艺中长进了从手到心的功夫，可以惠及生活，才是最重要的那件事。

境界的提升离不开自身修养和境遇，不完全是教育的结果。这也是林曦说自己是导游的原因，带领学生们入了门庭，但是里面的世界你究竟能走多远，还是各人的造化。她从不控制学生们，就像宗萨仁波切说的，好的老师，从来不操纵学生们，但不代表不引领学生。而因她所做的，是创造着一片土壤，让学生的那一颗关于传统的种子，有地方生长，也可以自己生长。她说自己只愿尽心带着同学们游玩、体悟于书法、传统的大花园中。她尽其所能地引领和展示，不过是为了同学们看到种种乐趣和高妙，终究可以选择符合自己性情、愿意多加停留和深入的那一隅。"其实世界还是那个世界，但有了更多的可能性，可以变得更美好和更可以琢磨。"

她太像一个古典时代的老师了，从这些精神实质来说，但是她又完全是一个现代的人。所谓的古典相通，通在不功利、无压迫感的学习，学习的唯一动力，还是来自于学生们的内心，求自在。"说实在的，他们这样愿意学，我也轻松许多。"

无功利教学下的书法学习，不仅趋向古典世界，很多经络也直通现代世界，比如极简的美感训练、我手写我心的日常表达。一天林曦的儿子写了一首诗，她很快乐地抄写了出来，母子两人对此都很满意，觉得快乐。在林曦的暄桐教室中，书法就像一个开关，瞬间启动，就能让自己变得美好起来。

然而，这仍然不是一个完全顺遂的过程。我问她是不是要时常"提醒"学生们。"当然，隔一段就要让大家去竞争心，去得失心，不要自傲，而要时不时翻出内心的杂念，审视，与之共处。"林曦的日常读物中，赫然就有王阳明的著作，这一点上，她还真的和教育她的老先生们有共同之处。

写字过程中，常常有人觉得自己够好了。"这一瞬间够好，但是隔了十天半个月再看，又能看到写的问题了。"好坏在此刻其实没有很大的意义，要一点点积累，一毫米一毫米堆小山，才能和古人交朋友，说白了，还是需要直接面对古人,性情上去和古人沟通。"比如很多暄桐的同学会喜欢唐及以前的书家,笔下的气象越来越开阔、天真,并且也没有因为这是一门"爱好",而放弃自己对于专业精度的追求。

这个我认识了十多年的称呼自己为"兴趣班老师"的小林老师,太像我们这个功利时代的传奇,带领了一群有突破自己世界的愿望的平凡人,做了一件如此看似无用却真实有力的事情。先是见世界、见古人,最终目的是见自己——这本书中,学生们的这些学习心得,呈现的是他们的独立和理性的思考,他们可以从更大的角度去认识世界,并且不被外部世界裹挟,而是做自己心的主人。

心的容量,比你想象中大很多,暄桐教室打开了一扇窗,有缘的人们从中看到了世界之美,自身之美。

来自暄桐教室——

关于书法学习，你可能还想要了解的九件事

1

书法不只是平面的字迹

从文字所表达的内容，到技术的乐趣和精微，从书家的性情流露，到一个时代的故事和审美，我们所看到的这些平面的字中，蕴含着丰富的信息和层次。写起来，就会知道。

2

寻常人学书法的受益

寻常人学习书法的价值不在于成为书法家和专业人士，更不是为了将写得一手好字作为向外的展示和炫耀，而是借由这件事，迎来一种全心全意、心手合一的状态，在这个过程中获得滋养和快乐。并且可以以书法为入手处，去亲近中国的文人传统，那是一个很大的世界，其中有师友知音，有启发当下生活的智慧见地。写起来，就会知道。

3

为什么要用毛笔书写

"唯笔软则奇怪生焉"，毛笔的柔软笔毫所带来的，是我们表达时无尽的可能性，这是我们学习书写时的一点难度，也正是它的乐趣之所在。写起来，就会知道。

4

它适合在有闲时开始，更适合发生在忙碌的工作和生活间

当我们专注于手上的笔墨时，心神便安住在了此刻当下中。没有追逐比较，没有焦灼不安，那一刻，只觉得万事万物一切安好，我在其中，是恰恰好的那一个。那样的状态，人们用"心流""静定"等不同的词汇来称呼，之于我们，便是练功休养的后山、怡悦心眼的花园，以及补给能量的充电宝。写起来，就会知道。且不仅仅是写字，我们也可以从不同的技艺中获得这样的感受。

5

从懂得字，到懂得生活

最好的欣赏和懂得，是做到。书法的习练，可以带我们越过字底的平面和外在的形式，从更宽广、更深远以及更细微处去理解和欣赏它。我们可以这样去看字的时候，也可以这样去看生活和世界，写起来，就会知道。

6

已经是成年人，乃至中老年了，仍适合提起笔来

学习书法，我们并非是为了争得某种地位或是胜负，而是决定专注于眼前的这一刻中，获得新的体验和长进。什么也不做，时间仍会过去，但学一天写一天，就会有一天的体验和获得，写起来，就会知道。不光是书法，我们还可以专注于更多的其他，日新月异这件事，在任何一个生命阶段中都是值得在意的事情。

7

零基础是最好的基础

一颗不被固有经验和预设所限制住的心，没有比这更好的基础了。其实无论学什么，所有的"基础"都是从"没有基础"开始的。

8

自己就可以判断的学习效果

不是有没有比谁人写得更好，而是自己有没有变得更包容，更快乐，更容易与他人和外界相处，有没有变得更满足和可爱。

在字的层面，若是付与了时间和用心，越写越好，越写越有心得和滋味，是自然而然发生的事情。关于

进展的情况，每个人的特质和节奏都有不同，和过去的自己比就好，不必紧张和执着。

9

现在就可以开始

一笔、一纸、一墨、一碑帖，就可以写起来。好老师可以帮助我们走得更有效更顺畅，但无论他是否已经出现在我们的生活中，我们都可以多看字帖，并阅读一些相关著作，如《林散之讲授书法》《白蕉讲授书法》《书法指南》，都是很好的选择。

还有林曦老师所著的《书法课》，结合十年书法美育教学的心得，从技术、心法、欣赏，到文房、碑帖的选择，以及学习途中会遇到的种种状况及应对方案等等，做了一次较为周详的分享。随文附有许多图片帮助理解，文字恳切并生动好读，也推荐给诸位。

图书在版编目（CIP）数据

与书法相伴的生活 / 林曦主编. -- 长沙：湖南文艺出版社, 2021.12

ISBN 978-7-5726-0352-5

Ⅰ.①与… Ⅱ.①林… Ⅲ.①散文集—中国—当代 Ⅳ.①I267

中国版本图书馆CIP数据核字(2021)第179295号

与书法相伴的生活

YU SHUFA XIANGBAN DE SHENGHUO

林曦　主编

出 版 人　曾赛丰
出 品 人　陈　垦
出 品 方　中南出版传媒集团股份有限公司
　　　　　上海浦睿文化传播有限公司
　　　　　上海市巨鹿路417号705室（200020）
责任编辑　刘雪琳
美术编辑　祝小慧
责任印制　王　磊
出版发行　湖南文艺出版社
　　　　　（长沙市雨花区东二环一段508号　邮编：410016）
网　　址　www.arts-press.com
经　　销　湖南省新华书店
印　　刷　深圳市福圣印刷有限公司

开本：787mm×1092mm　1/16　　　印张：18　　　字数：150千字
版次：2021年12月第1版　　　　　印次：2022年9月第3次印刷
书号：ISBN 978-7-5726-0352-5　　定价：78.00元

暄桐

写字是一种生活

主　编：林　曦
编　辑：冯维佳
采　访：李媛媛　李　平
　　　　刘　昕　冯维佳
设　计：彭杨浩
摄　影：李松鼠
插　画：范美玲
封面画作/章节题字：林　曦
谢谢暄桐同学的分享

浦睿文化
INSIGHT MEDIA

出品人：陈　垦
出版统筹：胡　萍
监　制：余　西　于　欣
编　辑：林晶晶
美术编辑：祝小慧

欢迎出版合作，请邮件联系：insight@prshanghai.com
微信公众号：浦睿文化